THE DEVIL'S WORKSHOP

魔鬼作坊

Jáchym Topol

[捷克] 雅辛·托波尔 / 著

李晖 / 译

南方出版传媒
花城出版社
中国·广州

图书在版编目（CIP）数据

魔鬼作坊 /（捷克）雅辛·托波尔著；李晖译.——广州：花城出版社，2019.7
（蓝色东欧 / 高兴主编. 第5辑）
ISBN 978-7-5360-8920-4

Ⅰ.①魔… Ⅱ.①雅… ②李… Ⅲ.①长篇小说－捷克－现代 Ⅳ.①I524.45

中国版本图书馆CIP数据核字（2019）第117899号

合同版权登记号：图字19-2017-001号
The Devil's Workshop by Jáchym Topol
Copyright © Jáchym Topol 2009
English translation copyright © Alex Zucker 2013
Published by Portobello Books

出 版 人：	肖延兵
丛书策划：	朱燕玲　孙虹
出版统筹：	李倩倩　夏显夫　欧阳佳子
责任编辑：	许泽红　欧阳佳子
技术编辑：	薛伟民　凌春梅
封面供图：	子夏
装帧设计：	棱角视觉 ANGULAR VISION

书　　名	魔鬼作坊 MO GUI ZUO FANG	
出版发行	花城出版社（广州市环市东路水荫路11号）	
经　　销	全国新华书店	
印　　刷	恒美印务（广州）有限公司（广州南沙经济技术开发区环市大道南路334号）	
开　　本	880毫米×1230毫米　32开	
印　　张	8.25　2插页	
字　　数	220,000字	
版　　次	2019年7月第1版　2019年7月第1次印刷	
定　　价	45.00元	

本书中文专有出版权归花城出版社独家所有，非经本社同意不得连载、摘编或复制。
如发现印装质量问题，请直接与印刷厂联系调换。
购书热线：020-37604658　37602954
欢迎登陆花城出版社网站：http://www.fcph.com.cn

魔鬼作坊

谨以此译本献给雅辛,我的异母兄弟。

——英译者阿历克斯·扎克献辞

在情感的河流上

在情感荡然无存的山麓

一轮白锡的太阳

建造起

恐怖的殖民地

——帕维尔·扎伊谢克

看，我身上出现了别人的伤疤，它们从何而来？

——多洛塔·马斯洛斯卡

目 录
CONTENTS

记忆，阅读，另一种目光（总序）/ 高兴 / 1
苦难记忆与历史言说的深渊（中译本前言）/ 李晖 / 1

第一章 / 1
第二章 / 16
第三章 / 23
第四章 / 42
第五章 / 62
第六章 / 88
第七章 / 101
第八章 / 113
第九章 / 126
第十章 / 141
第十一章 / 153
第十二章 / 167
第十三章 / 204

作者致谢辞 / 223
英译本后记 / 225

记忆，阅读，另一种目光

（总序）

高兴

昆德拉说过："人的一生注定扎根于前十年中。"我想稍稍修改一下他的说法："人的一生注定扎根于童年和少年中。"童年和少年确定内心的基调，影响一生的基本走向。

不得不承认，二十世纪五六十年代出生的人都有着不同程度的俄罗斯情结和东欧情结。这与我们的成长有关，与我们的童年、少年和青春岁月有关。而那段岁月中，电影，尤其是露天电影又有着怎样重要的影响。那时，少有的几部外国电影便是最最好看的电影，它们大多来自东欧国家，几乎吸引了所有人的目光，是我们童年的节日。在某种意义上，甚至可以说，它们还是我们的艺术启蒙和人生启蒙，构成童年最温馨、最美好和最结实的部分。

还有电影中的台词和暗号。你怎能忘记那些台词和暗号。它们已成为我们青春的经典。最最难忘的是《瓦尔特保卫萨拉热窝》。"'空气在颤抖,仿佛天空在燃烧。''是啊,暴风雨来了。'""看,这座城市,它就是瓦尔特。"简直就是诗歌。是我们接触到的最初的诗歌。那么悲壮有力的诗歌。真正有震撼力的诗歌。诗歌,就这样和英雄主义和浪漫主义,紧紧地连接在了一道。

还有那些柔情的诗歌。裴多菲,爱明内斯库,密茨凯维奇。要知道,在二十世纪七八十年代,读到他们的诗句,绝对会有触电般的感觉。而所有这一切,似乎就浓缩成了几粒种子,在内心深处生根,发芽,成长为东欧情结之树。

然而,时过境迁,我们需要重新打量"东欧"以及"东欧文学"这一概念。严格来说,"东欧"是个政治概念,也是个历史概念。过去,它主要指波兰、捷克斯洛伐克、匈牙利、罗马尼亚、保加利亚、南斯拉夫、阿尔巴尼亚七个国家。因此,在当时,"东欧文学"也就是指上述七个国家的文学。这七个国家,加上原先的东德,都曾经是以苏联为首的华沙条约组织的成员。

一九八九年底,东欧发生剧变。此后,苏联解体,华沙条约组织解散,捷克和斯洛伐克分离,南斯拉夫各共和国相继独立,所有这些都在不断改变着"东欧"这一概念。而实际情况是,波兰、捷克、匈牙利、罗马尼亚等国家甚至都不再愿意被称为东欧国家,它们更愿意被称为中欧或中南欧国家。同样,不少上述国家的作家也竭力抵制和否定这一概念。在他们看来,东欧是个高度政治化、笼统化的概念,对文学定位和评判,不太有利。这是一种微妙的姿态。在这种姿态中,民族自尊心也发挥着不可估量的作用。

但在中国,"东欧"和"东欧文学"这一概念早已深入人心,有广泛的群众和读者基础,有一定的号召力和亲和力。因此,继续使用"东欧"和"东欧文学"这一概念,我觉得无可厚非,有利于研究、译介和推广这些特定国家的文学作品。事实上,欧美一些大学、研究中心也还在继续使用这一概念。只不过，今日，当我们提到这一概念，涉及的就不仅仅是七个国家，而应该包含更多的国家：立陶宛、摩尔多瓦等独联体国家，还有波黑、克罗地亚、斯洛文尼亚、塞尔维亚、黑山等从南斯拉夫联盟独立出来的国家。我们之所以还能把它们作为一个整体来谈论，是因为它们有着太多的共同点：都是欧洲弱小国家，历史上都曾不断遭受侵略、瓜分、吞并和异族统治，都曾把民族复兴当作最高目标，都是到了十九世纪末二十世纪初才相继获得独立，或得到统一，第二次世界大战后都走过一段相同或相似的社会主义道路，一九八九年后又相继走上了资本主义发展道路。之后，又几乎都把加入北约、进入欧盟当作国家政策的重中之重。这二十年来，发展得都不太顺当，作家和文学都陷入不同程度的困境。用饱经风雨、饱经磨难来形容这些国家，十分恰当。

换一个角度，侵略，瓜分，异族统治，动荡，迁徙，这一切同时也意味着方方面面的影响和交融。甚至可以说，影响和交融，是东欧文化和文学的两个关键词。看一看布拉格吧。生长在布拉格的捷克著名小说家伊凡·克里玛，在谈到自己的城市时，有一种掩饰不住的骄傲："这是一个神秘的和令人兴奋的城市，有着数十年甚至几个世纪生活在一起的三种文化优异的和富有刺激性的混合，从而创造了一种激发人们创造的空气，即捷克、德国和犹太文化。"①

克里玛又借用被他称作"说德语的布拉格人"乌兹迪尔的笔为我们描绘了一个形象的、感性的、有声有色的布拉格。这是一个具有超民族性的神秘的世界。在这里，你很容易成为一个世界主义者。这里有幽静的小巷、热闹的夜总会、露天舞台、剧院和形形色色的小餐馆、小店铺、小咖啡屋和小酒店。还有无数学生社团和文艺沙龙。自然也有五花八门的妓院和赌场。布拉格是敞开的，是包容的，是休闲的，是艺术的，是世俗的，有时还是颓废的。

---

① 见伊凡·克里玛《布拉格精神》第44页，崔卫平译，作家出版社1998年版。

布拉格也是一个有着无数伤口的城市。战争、暴力、流亡、占领、起义、颠覆、出卖和解放充满了这个城市的历史。饱经磨难和沧桑，却依然存在，且魅力不减，用克里玛的话说，那是因为它非常结实，有罕见的从灾难中重新恢复的能力，有不屈不挠同时又灵活善变的精神。如果要用一个词来形容布拉格的话，克里玛觉得就是：悖谬。悖谬是布拉格的精神。

或许悖谬恰恰是艺术的福音，是艺术的全部深刻所在。要不然从这里怎会走出如此众多的杰出人物：德沃夏克，雅那切克，斯美塔那，哈谢克，卡夫卡，布洛德，里尔克，塞弗尔特，等等。这一大串的名字就足以让我们对这座中欧古城表示敬意。

布拉格如此，萨拉热窝、华沙、布加勒斯特、克拉科夫、布达佩斯等众多东欧城市，均如此。走进这些城市，你都会看到一道道影响和交融的影子。

在影响和交融中，确立并发出自己的声音，十分重要。不少东欧作家为此做出了开拓性和创造性的贡献。我们不妨将哈谢克和贡布罗维奇当作两个案例，稍加分析。

说到捷克作家哈谢克，我们会想起他的代表作《好兵帅克》。以往，谈论这部作品，人们往往仅仅停留于政治性评价。这不够全面，也容易流于庸俗。《好兵帅克》几乎没有什么中心情节，有的只是一堆零碎的琐事，有的只是帅克闹出的一个又一个的乱子，有的只是幽默和讽刺。可以说，幽默和讽刺是哈谢克的基本语调。正是在幽默和讽刺中，战争变成了一个喜剧大舞台，帅克变成了一个喜剧大明星，一个典型的"反英雄"。看得出，哈谢克在写帅克的时候，并没有考虑什么文学的严肃性。很大程度上，他恰恰要打破文学的严肃性和神圣感。他就想让大家哈哈一笑。至于笑过之后的感悟，那就是读者自己的事情了。这种轻松的姿态反而让他彻底放开了。借用帅克这一人物，哈谢克把皇帝、奥匈帝国、密探、将军、走狗等等统统给骂了。他骂得很过瘾，很解气，很痛快。读者，尤其是捷克读者，读得也很过瘾，很解气，很痛快。幽默和讽刺于是又变成了一件有力的武器，特别适用于捷克这么一个弱小的民族。哈谢克最大的贡献也正在于此：为捷克民族和捷克文学找到了一种声音，确立了一种传统。

而波兰作家贡布罗维奇与哈谢克不同，恰恰是以反传统而引起世人瞩目的。他坚决主张让文学独立自主。在二十世纪三四十年代，贡布罗维奇的作品在波兰文坛显得格外怪异离谱，他的文字往往夸张扭曲，人物常常是漫画式的，他们随时都受到外界的侵扰和威胁，内心充满了不安和恐惧，像一群长不大的孩子。作家并不依靠完整的故事情节，而是主要通过人物荒诞怪僻的行为，表现社会的混乱、荒谬和丑恶，表现外部世界对人性的影响和摧残，表现人类的无奈和异化以及人际关系的异常和紧张。长篇小说《费尔迪杜凯》就充分体现出了他的艺术个性和创作特色。

捷克的赫拉巴尔、昆德拉、克里玛、霍朗，波兰的米沃什、赫贝特、希姆博尔斯卡，罗马尼亚的埃里亚德、索雷斯库、齐奥朗，匈牙利的凯尔泰斯、艾什特哈兹，塞尔维亚的帕维奇、波帕，阿尔巴尼亚的卡达莱……如此具有独特风格和魅力的当代东欧作家实在是不胜枚举。

某种程度上，东欧曾经高度政治化的现实，以及多灾多难的痛苦经历，恰好为文学和文学家提供了特别的土壤。没有捷克经历，昆德拉不可能成为现在的昆德拉，不可能写出《可笑的爱》《玩笑》《不朽》和《难以承受的存在之轻》这样独特的杰作。没有波兰经历，米沃什也不可能成为我们所熟悉的将道德感同诗意紧密融合的诗歌大师。但另一方面，需要注意的是，由于语言的局限以及话语权的控制，东欧文学也极易被涂上浓郁的意识形态色彩。应该承认，恰恰是意识形态色彩成全了不少作家的声名。昆德拉如此，卡达莱如此，马内阿如此。赫尔塔·米勒亦如此。我们在阅读和研究这些作家时，需要格外地警惕。过分地强调政治性，有可能会忽略他们的艺术性和丰富性。而过分地强调艺术性，又有可能会看不到他们的政治性和复杂性。如何客观地、准确地认识和评价他们，同样需要我们的敏感和平衡。

一个美国作家，一个英国作家，或一个法国作家，在写出一部作品时，就已自然而然地拥有了世界各地广大的读者，因而，不管自觉与否，他，或她，很容易获得一种语言和心理上的优越感和骄傲感。这种感觉东欧作家难以体会。有抱负的东欧作家往往会生出一种紧迫感和危机感。他们要用尽全力将弱势转化为优势。昆德拉就反复强调，身处小国，你"要么做一个可怜的、眼光狭窄的人"，要么成为一个广闻博识的"世界性的人"。别无选择，有时，恰恰是最好的选择。因此，东欧作家大多会自觉地"同其他诗人，其他世界，和其他传统相遇"（萨拉蒙语）。昆德拉、米沃什、齐奥朗、贡布罗维奇、赫贝特、卡达莱、萨拉蒙等等东欧作家都最终成为"世界性的人"。

关注东欧文学，我们会发现，不少作家，基本上，都在出走后，都在定居那些发达国家后，才获得一定的国际声誉。贡布罗维奇、昆德拉、齐奥朗、埃里亚德、扎加耶夫斯基、米沃什、马内阿、史克沃莱茨基等等都属于这样的情形。各种各样的原因，让他们选择了出走。生活和写作环境、意识形态、文学抱负、机缘等，都有。再说，东欧国家都是小国，读者有限，天地有限。

在走和留之间，这基本上是所有东欧作家都会面临的问题。因此，我们谈论东欧文学，实际上，也就是在谈论两部分东欧文学：海外东欧文学和本土东欧文学。它们缺一不可，已成为一种事实。

在我国，东欧文学译介一直处于某种"非正常状态"。正是由于这种"非正常状态"，在很长一段岁月里，东欧文学被染上了太多的艺术之外的色彩。直至今日，东欧文学还依然更多地让人想到那些红色经典。阿尔巴尼亚的反法西斯电影，捷克作家伏契克的《绞刑架下的报告》，保加利亚的革命文学，都是典型的例子。红色经典当然是东欧文学的组成部分，这毫无疑义。我个人阅读某些红色经典作品时，曾深受感动。但需要指出的是，红色经典并不是东欧文学的全部。若认为红色经典就能代表东欧文学，那实在是种误解和误导，是对东欧文学的狭隘理解和片面认识。因此，用艺术目光重新打量、重新梳理东欧文学已成为一种必须。为了更加客观、全面地翻译和介绍东欧文学，突出东欧文学的艺术性，有必要颠覆一下这一概念。蓝色是流经东欧不少国家的多瑙河的颜色，也是大海和天空的颜色，有广阔和博大的意味。"蓝色东欧"正是旨在让读者看到另一种色彩的东欧文学，看到更加广阔和博大的东欧文学。

二〇一三年十月三十一日定稿于北京

主编简介：高兴，诗人、翻译家，一九六三年出生于江苏省吴江市。中国作家协会会员。现为中国社会科学院外国文学研究所研究员，《世界文学》主编。曾以作家、翻译家、外交官和访问学者身份游历过欧美数十个国家。出版过《米兰·昆德拉传》《东欧文学大花园》《布拉格，那蓝雨中的石子路》等专著和随笔集；主编过《二十世纪外国短篇小说编年·美国卷》（上、下册）、《伊凡·克里玛作品系列》（5卷）、《水怎样开始演奏》《诗歌中的诗歌》《小说中的小说》（2卷）等大型图书。主要译著有《梵高》《黛西·米勒》《雅克和他的主人》《可笑的爱》《安娜·布兰迪亚娜诗选》《我的初恋》《索雷斯库诗选》《梦幻宫殿》《托马斯·温茨洛瓦诗选》等。

苦难记忆与历史言说的深渊

(中译本前言)

李晖

平庸小说的宿命,是费力苦挨到故事结尾都难以避开套路陷阱;而优秀小说往往就像善于摆脱猎犬的野兔,刚开篇就能让敏感捕捉文字气息的读者紧张兴奋、心绪难平。捷克当代文学名家雅辛·托波尔出版于二〇〇九年的《魔鬼作坊》①,显然属于后一种类型。

"我奔向布拉格机场。奔跑着……泰雷津的红砖城墙远远地抛在我身后,我故乡的城墙。"这部小说以主人公"我"从泰雷津到布拉格的暗夜逃亡为楔子,逐步铺展开梦游般光怪陆离的历险与追忆。

---

① 捷克语原书名意为"穿越严寒地带",此处依英译本标题翻译而成。

历史的真实，虚构的真实

泰雷津这座捷克古镇的名字，曾经是跟达豪、奥斯威辛、布痕瓦尔德、德朗西等名称联系在一起的恐怖地标。

它位于捷克北波希米亚地区的利托梅日采市郊，德语名泰雷津斯塔德，最初是神圣罗马帝国哈布斯堡王朝约瑟夫二世在一七八〇年下令建造的军事要塞，并以其母玛丽亚·泰雷莎女皇命名。整个城镇规划复杂，功能齐备，代表了十八世纪末同类城镇建筑的最高水平。它从一八八八年起不再充当防御要塞，但依然作为驻军基地而存在，主要居民组成也由日耳曼人变成了捷克人。奥匈帝国崩溃后，泰雷津归于捷克斯洛伐克，一九三八年又随苏台德地区被德国吞并。一九四〇年泰雷津沦为盖世太保的囚禁场所，一九四一年更设立了臭名昭著的犹太隔离区。来自欧洲各地的十五万犹太人陆续抵达这里，将近九万人经过一段时间的关押，再分别乘坐列车驶向奥斯威辛和特雷布林卡等屠宰场。当时仅在犹太隔离区内死于疾病和营养不良的人数就高达三万三千名。与之隔河相对的"小堡垒"监狱，则先后关押过三万多名囚犯，包括政治犯、地下抵抗组织成员和犹太人，行刑处决以外的死亡数目接近三千。捷克文学巨匠克里玛从十岁起就和父母被拘禁在此，直到苏联红军前来解放这座城镇。

二战结束后，泰雷津重新成为驻军点，直到一九九六年完全结束军事用途。它至今完好保留着古代城防、犹太隔离区和城堡监狱等历史遗址，近年以来不仅是大屠杀历史研究和凭吊牺牲者的场所，还成了新的热门旅游景点。

乍看之下，《魔鬼作坊》很像一部伪造的当代新闻口述实录。它的故事时间应该是二十世纪九十年代末至二十一世纪初这几年。故事发生地主要是泰雷津、R国首都明斯克和哈滕村。哈滕村就是"魔鬼作坊"所在地。它位于明斯克以东五十公里处。一九四三年，全村共计一百四十九名男女老幼被以乌克兰裔通敌者为主的纳粹分子以残酷手段集体屠杀。虽然它与泰雷津同样都是当年"魔鬼"施暴的现场，但在小说里却构成了伦理价值与政治抉择的两极。

整部小说的叙述过程，都由故事内叙述者"我"来完成。"我"是一位敏感内敛、寡言少语、略微有些玩世不恭的青年。"我"的母亲是泰雷津监狱的幸存者，由于遭受过多苦难而精神失常，在"我"幼年时自缢身亡。"我"的父亲是当年跟随苏联红军解放泰雷津的捷克青年，在与"我"争吵时不幸从城头失足坠落而殒命。而"我"因此身陷囹圄，后来获减刑出狱，又协助旧友雷波发起了泰雷津镇复兴运动并取得短暂成效。运动失败后，"我"被"魔鬼作坊"的积极参与者、潜伏到泰雷津刺探情报的阿历克斯和马露夏卡兄妹俩偷渡运送至 R 国，从此卷入了巨大的阴谋漩涡，并目睹了一系列人间惨剧。

作者通过第一人称手法而创造出的"在场感"，将众多真实资料与虚构内容拼贴镶嵌到了一起。例如，泰雷津和哈滕村的过往历史和遗址面貌皆为真实，而所谓"泰雷津复兴运动"和哈滕村地下的秘密博物馆则纯属虚构；外国青年到泰雷津成立工作坊并寻找屠杀遗迹是事实，但所谓的西欧"囚铺探寻者"因为无法摆脱集体创伤记忆而接受雷波的教诲领导，并且联合当地反对迁移的居民与捷克当局发生暴力冲突，又全都是虚构；关于 R 国国内局势和政治矛盾的描述为实，而游行示威背后的巨大阴谋与利益勾结则是虚构；哈滕村惨案的细节复述，全部都依据真实档案资料，而以受害者直系亲属身份进行复述的几位主要人物，以及他们匪夷所思的行为，则纯属虚构；明斯克骚乱过程中有人跳上吧台朗诵反对独裁总统的诗歌，也是实有其文，但骚乱起因和时间地点却查无对证。

这种真实与虚构的拼贴镶嵌手法，很容易让人一时难辨真伪。

亚里士多德在《诗学》里说："诗比历史更具哲学性，且更为严肃：实际上，诗道出了更多的共相，而历史言说的只是殊相。"通过这种虚构与真实的并置，借助于光怪陆离的情节发展，作者或许想告诉我们：魔鬼之所以从瓶中获得释放，是因为它始终驻扎在不同时期、不同地域的人心深处。魔鬼作坊能够被重新启用，是因为总有人想要以错误方式召唤起失真的集体记忆。

记忆与遗忘

按照古希腊作家赫西俄德在《神谱》里的说法，谟涅摩绪涅即记忆女神，是司管历史的克利娥和其他八位缪斯的母亲。历史女神与记忆女神的直系亲缘，意味着历史和众多人文学科一样，无法脱离记忆而存在。

我们常说历史不会忘记，是因为我们还相信：即便存在着有意识、集体性的删除清理，也无法抹尽回忆言说的零碎声音。

但记忆与遗忘原本两面一体、不可分割。

所谓"历史不会忘记"，只是将无法自行言说的历史视为人格化主体的方便隐喻。真实发生的历史言说，从来只是众多个体声音在特定社会传播机制提供的有限时空内的汇聚交叠。个体心灵与头脑受到自身容量的限制，或出于惯性思维，会无意识地淡化或排斥那些异质、难以兼容的回忆内容，再选择自认为更有意义的记忆内容进行留存；或者为了趋利避害而屏蔽危及自我身份认同与社群凝聚的记忆。这是人性的本能。

乔治·爱略特在《米德尔马契》里说过："如果我们的眼光和知觉对人生中一切寻常事物都分外敏感，这就如同能够听到野草的生长和松鼠的心跳，而我们会由于寂静的另一极端存在的轰鸣巨响而丧命。事情就是这样，我们当中最为伶俐机智的人会用愚钝来填充自己，从而行走于世间。"

纵观历史，我们不难看到，许多曾经给无数个人和群体造成不可逆转的影响、沉寂在集体无意识之下、深层意义尚未充分发掘、有待于形成系统叙事的历史事件，因为创痛之深，很容易导致人们的本能回避，然后在若干年后趋于遗忘。

《魔鬼作坊》里有一段情节，是阿历克斯痛斥世人仅仅听说波兰的卡廷森林惨案，却根本不在意哈滕村发生过更恶劣的罪行。他追随的精神领袖卡根，在明斯克地穴挖掘现场也向"囚铺探寻者"表达过类似想法："现在我们将挖掘暴君们当年逼迫你们父母和祖父母跪伏的土地。你们和我一样清楚，这个政府不允许传播任何有关 R 国人互相残杀的只言片语。但是我们将打破沉默！忘记过去的恐怖，就意味着向新的邪恶低头。"他们的担心并不是毫无理由，这种愤慨激昂并不纯粹是迫害妄想症：外部世界长期漠视历史真相，他们需要不断提醒自己还承担着言说的使命，以免成为最不应该的遗忘者。

　　其实，反观卡廷森林事件在不同时期的解释说法，又何尝不曾遭受过同样的遮蔽篡改呢？在每一种历史言说形式的背后，存在着不同的叙事主体和不同叙事目标。本尼迪克特·安德森在《想象的共同体》最后一章"记忆与遗忘"结尾处说："民族传记从布罗代尔那无情层叠的墓葬群里提取出具有代表性的自杀、苦痛的殉道、刺杀、处决、战争与屠杀浩劫。不过，为了实现叙事的目标，这些酷烈的死亡必须作为'我们自己的'死亡才能获得记忆/遗忘。"

　　小说里前纳粹军医路易斯擅长的印第安人缩头术和防腐技术，更是绝对权力试图让自己一手塑造的历史言说模式保持不朽的寓言。

东与西

　　泰雷津与哈滕村在小说虚拟世界里构成的两极对立，集中体现在雷波和卡根这两位角色身上。雷波是"泰雷津复兴运动"的灵魂人物，卡根则是明斯克葬坑发掘和哈滕村地下博物馆的主持者。两人都是纳粹集中营幸存者，都是极具卡里斯玛气质的精神领袖，都有效激励了从外部世界奔赴而来的热血青年，使他们从原本被动寻求精神愈疗的忧郁迷茫者转变为宏大事业的支持者。两个人的行动目标，都是为了谋求地方振兴，并让全世界了解、铭记历史上的罪恶行径。

　　然而，他俩的终极价值取向却截然不同。雷波多年以来潜心搜集历史物证，通过复兴运动向外宣传募款、公开追述往事、组织各方人力物力资源的根本目标，是试图以劫难幸存者的身份组织本土资源，帮助受害者后人进行自我精神愈疗，以便所有人早日走出历史的阴影。相比之下，卡根率领一批忠实信徒发掘物证的根本动机，更多是出于"受虐－施虐"的心态来复制还原当年的恐怖场景，从而证明自己对历史真实性的绝对把握，以此获得道德优越感，并且争取经济回馈。卡根等人难以摆脱的僵化认知模式，是"他们"与"我们"之间无法消融的对立冲突。这个"他们"不仅包括蒙昧昏聩的政府当局，还包括R国以外的"西方"，和"无视"R国民族苦难的整个外部世界。

在记忆的重轭下，在历史言说的使命感带来的深切焦虑中，卡根领导的激进行动者为了纠正"他们"对本土历史的误解扭曲，继而改变话语权力结构的不平等，不知不觉固化了身份意识里的强烈偏执。他们为此而自觉疏离于举世认同的人性价值，最终导致了基本伦理与善恶判断标准的崩塌。

历史真相究竟是什么？随着作者逐步揭开一幕幕人间悲剧的面纱，随着一处处屠杀遗址展现在读者面前，这个问题的答案却变得越来越含糊。作者似乎无意于提供现成的解释答案，而是要以虚构形式来陈列纷乱的历史信息和矛盾观点。作者的历史眼光逾越了屠杀与日常生活的时空限制，并消融了诸多事件与概念间的表象区别。

它将二战前后发生在东欧不同地域、规模和性质的屠杀事件贯穿于当代人的追述行动中，并从不同当事人的角度分别进行冷静描述。

它将历次屠杀带来的社会遗留问题，与信息时代的经济全球化发展、底层民生困境、青年成长与社会化、民众占领运动等现实主题交织在一起。

最重要的是，它试图超越传统而简单的"东西方"概念区分模式。

在民族意识和威权意识浓厚的阿历克斯等人眼里，东西方之间只存在着二元冲突模式。作为东方民族典型的 R 国，自古忍受着各种欺凌、苦难与蒙昧，所以迫切需要通过高效组织形式来医治沉疴，从而一劳永逸地解决发展不平衡的问题。他们强烈谴责"西方"对"东方"的漠视，却又肆无忌惮地利用来自西欧各地的"囚铺探寻者"，不仅在生死关头无情地抛弃这些理想主义青年，过后还不忘揶揄挖苦他们。阿历克斯们设法把"我"和雷波诱拐到 R 国，企图用简单残忍的方式全盘攫取泰雷津复兴的资源。他们夸大东西方冲突，打着所谓历史正义与民族觉悟的旗号，践踏着所有当事人的生命尊严：作为"西方专家"的"我"，被人像牲口一样用绳索套住脖子牵拽；记者罗尔夫被迫亲手完成血腥的人体解剖工作，导致精神崩溃；即使是哈滕村大屠杀的几位幸存者，死后也作为"受害证人"而被制成木乃伊标本用于展览，其中就包括阿历克斯的母亲；地下博物馆的另一位专家，即曾经被迫效力于纳粹的路易斯，因为重病在身而无法继续替卡根卖命，结果被阿历克斯亲手解剖，并作为纳粹医学研究的历史证物而陈列。所有这些违逆人伦的做法，都是以"挽救历史真相"为名义。

然而，作者也提供了另一种截然相反的"东西"世界观：来自瑞典的撒拉姑娘，是第一位从外部闯入泰雷津的"囚铺探寻者"。为了寻访祖辈的苦难行迹，她曾经从捷克走到外喀尔巴阡罗塞尼亚地区，再从加里西亚和乌克兰走到海参崴，得到的答案却无一例外："这里就是西方。"

从表面上看，这很可能只是当地人出于民族自尊而对"东方"这个负面标签的本能排斥。但他们不愿承认自己的"东方"身份，或许正因为思想上已经内化了东西方传统划分标准背后的价值评判。无论如何，这种臆想的边界消失感，与卡根等人泾渭分明的"东西方"观念放在一起时，就产生出另一种悖论：对于撒拉来说，东西边界的消融，表明东欧历史上的苦难无异于整个欧洲的共同苦难。然而她身外的现实世界，无论是在矢口否认还是刻意强调东西界线，却无不折射出集体身份认同的两难困境。

追随信奉卡根、效命于"魔鬼作坊"的马露夏卡,在回顾幼年创伤时向"我"坦白:"屠杀。这是人类擅长的事。它还会再次发生。那我该怎么办?"这段表白与所有来自西欧的"囚铺探寻者"心境相同。正如阿历克斯所说:"这里所有的人都是囚铺探寻者。"遗憾的是,马露夏卡在精神观念上始终没走出哈滕村。卡根灌输的狭隘历史观,让她过度偏执于"我们的苦难",最终丧失了善恶判断的标准。她并不完全知晓,那些无异于当年纳粹的恐怖罪行,正在身边悄悄发生。她凭借着满腔的正义热情,充当了实质的帮凶,最后不幸成为恶魔的殉葬品。

通过僵化概念区分而塑造对立群体,无视众多群体成员作为个体存在的意义,这就是魔鬼作坊继续涌现的土壤。

当然,作者不至于幼稚地以为:单纯消除意识形态上的"东-西"区分界限,就可以一劳永逸地解决所有历史疑问。在小说临近结尾处,也就是最后一次讨论东欧集体葬坑与历次屠杀真相问题时,来自荷兰的考古专家邬拉承认:由于缺乏充足物证,加上当地人的不合作、利益相关者伪造物证,可能永远无法判断某些遗址的性质。她无法回答:"是苏联人杀了苏联人,还是德国人杀害了苏联人和犹太人,还是德国人和苏联人杀害了其他的苏联人?……坟墓里埋的到底是谁?"她致力于寻找严密的物证材料,最后却不得不再次回返到"东西方"区别这个古旧话题:"他们东方人不像我们那样爱留记录,哪里也接触不到真相。"她是在发掘工作严重受挫的沮丧心态下说的一番话,与卡根最初的愤慨之言颇为相似:"欧洲各地的纪念遗址上都飘扬着旗帜。他们东方却只有乌鸦在大摇大摆地啄食尸体颅骨。可怕啊。"

这是作者在撒拉的理想主义和卡根的现实主义之外,再次通过邬拉的中立态度指出"东西方"界线不可否认的存在,以及它给人物角色带来的认知迷茫。

或许，只有承认"东－西"历史文化意识与现实的差异，从人类共情的角度来看待差异和不平等，才是直面问题、超越狭隘意识的前提。

在东欧文学评论家的眼里，托波尔堪称二十世纪九十年代初东欧"历变小说"的杰出代表。塞缪尔·托马斯在《1001本死前必读书》里则赞誉托波尔的首部小说《姐妹》是"现代捷克想象力的《独立宣言》"。

托波尔的叙述题材来源博杂，经常混杂着庄重与戏谑、神圣与亵渎、经验与幻觉。有人评价他的作品是博尔赫斯、乔伊斯和凯鲁亚克的混合体。他对语言形式的大胆尝试，尤其是句法、拼写、语法和对话的快速跳转切换，以及不同语域材料、文类和方言切口的运用，足以让传统读者瞠目结舌。这些尝试，充分反映八十年代成长的这批作家对传统写实主义的排斥。

作家通过语言文字和叙事形式的调整，具体表现时代的变动不居感。这无异于提供了一面镜子，映照出价值碎片化的世界。至于这个碎片化世界背后的真正意义，则需要每一位读者自行体悟。

就像托波尔笔下的人物所说的："我把旧词和新词混合在一起。有些意思我郑重看待，所以把它们更深地隐藏在话语里。"

二〇一八年七月十九日初稿
二〇一八年七月二十七日重写于佛罗伦萨
二〇一八年八月十四日完稿于北京花家地

第一章

我奔向布拉格机场。奔跑着，嗯，或不如说是沿着路边水沟往前走，整个人都像在云里雾里，因为我喝了酒。

我最近喝酒喝得很厉害。

我正沿着公路往前走，时不时要伏身藏进路边的水沟向前爬行，这样巡逻车里的警察就不会看到我。

这样他们就不会抓住我，问我泰雷津失火的情况。

我有时会一头扎进水沟，整个身体挤在沟里，后背紧贴着土地，就这样子待着。

走走又停停，我一路奔向布拉格机场。

瓶子里还剩下一点撒拉送我的酒。我吃掉了他们让我捎上的全部肉食。

刚开始我并不想吃，但最终还是强咽了下去。我需要能量。

月亮快要圆了。

泰雷津的红砖城墙远远地被我抛在身后，我故乡的城墙。

这座城镇,就像我爹所说,是由玛丽亚·泰蕾莎女皇一手建造。自从她的统治时期以来,数十万来自不同军队的士兵曾经从它城门下经过。玛丽亚·泰蕾莎女皇爱看阅兵仪式,我爹说过。他是军乐队少校,也喜爱泰雷津的阅兵式,还有他们行进的军乐队。

我在往前走,背后是那所城镇。那些巨大高耸的十八世纪建筑全都远远地留在我身后——足以堆满数百万颗子弹的库房、可以喂养数百万战马的马厩、可以藏纳数万人的兵营。我已离开,就像所有那些在我之前离开的小镇捍卫者一样。拥入这座城镇的士兵,为先期到来的士兵们创造了暂时歇息的机会。

如今,这城镇没有任何一支留守的军队,它正在四分五裂。

他们卖掉了我的山羊。这些山羊原本在要塞城墙边闲游地吃草。

大多数的羊。

我爹没能活着看到这一幕。

只有少数人想要拯救泰雷津,我是其中一员。

我妈说她和我爹没想到我会来到这个世界。她以前还常说,如果我始终就那么一丁点儿大,小到能够藏进一只顶针里,那真是再美妙不过的事情了。我可以吃豌豆为生,可以跟猫咪抢几小滴牛奶喝,还可以裹着一小块布片四处行走,做她真正的"大拇指汤姆"。

这说法起初让我感到很开心,怎么可能不开心呢?

但不可避免的事发生了:我和其他所有人一样长大了。

我不再感到开心。当我爹拎着那件绘有黄色锤头镰刀、里面放着他那根指挥棒的红色手提箱去上班,而我妈用枕头和毯子把所有门窗都封堵住的时候。

我听人说,当我很小的时候,经常会在旁边使劲拍着小手,眼瞅着我妈把家具一件件从墙边挪开。

她在所有衣橱、木箱、碗柜,还有翻倒的凳子、扶手椅和精美的沙发椅中间,创造出了一小块安全的藏身之处,一个仅能容纳我们两人的窝巢。

我妈和我在这温暖小巢里紧紧依偎拥抱在一起,我感到欣喜万分,直到我爹下班回家,把我俩从这个安全的地方拖拽出来。

外面的世界如此辽阔,可是我妈不肯抬脚迈进一步。

等我刚刚能够跑开的时候,我开始一次次地逃离她。

我不大清楚这件事究竟是怎样发生的,然而有一天我终于挣开她紧扣不放的双臂，推开她的温柔怀抱，把她伸出的双臂拨拉到一边，从长沙发底下爬过去，翻过扶手椅，捞住门把手，打开门，然后迅速地蹿出外面。

我跟随其他孩子，沿着城墙堡垒来回奔跑，假装突然失去知觉跌倒在草丛里，然后再蹦起来，继续玩上一遍。

还有雷波！所有人都认识他，在泰雷津的人没法儿不认识他。

还有跟我妈有关的那件事情。

雷波是她唯一的朋友。噢，不是那种意义上的，不过他确实给她送花来着。

婶婶们也都关心照顾着我妈。

她寸步不愿离开我家门口。

可是等到每年一度的妇女节临近，或者到了苏联军队解放本镇的纪念日那天，雷波肯定会给她送来一大捧鲜花。那是他从城墙脚下摘来的，我那些贪嘴的山羊够不着的地方。甚至在捷共时期的非节假日，比如母亲节那天，他也会悄悄地给她递上一束花朵。花束上还沾着城墙红砖掉落的细碎粉末。雷波叔叔总是如期给我妈送上一束鲜花。

现在想来，应该有那么一次，他和我妈确实说过话，但我已经不记得了。

我记得的是,她到后来几乎从不开口。

她唯一还想做的事,就是蜷成一团,尽可能只占据屋子里最小的一块空间,寻找到一处仅能容纳她呼吸的方寸之地,那是她的全部需求。

泰雷津所有的孩子都认识雷波叔叔。

以前我们经常想,他的名字叫雷波,是因为脑壳形状很长,头顶上又不剩一根头发的缘故吧。我们推测他真正的名字应该是雷布卡,捷克语里"脑壳"的意思。但弗里德里希姊姊跟我解释过:战争时期,她还是个小姑娘,被关在集中营的时候,曾经把刚生下来的小雷波藏在她囚铺底下的鞋盒里。被判刑的妇女和小姑娘们都关押在这间屋里,而雷波则安全隐藏在屋子角落。她说,雷波这个名字的说法,是因为囚铺房间里那位年长者是斯洛伐克人,还做过助产士,这算是很幸运了。她把小婴儿接生下来的时候,虽然压低嗓音却清清楚楚地嘟哝出一句话,那句当时屋里每个人已经在心里念叨的话:*Bude potichu, alebo ho udusíme*,意思是,他要敢嚷嚷,我们就闷死他——斯洛伐克语里的那个词 *lebo* 就成了他的名字。

在囚铺房间里生育和私藏小婴儿属于违禁行为,但这些女人们指望着红军部队正在向泰雷津进军。事实证明她们猜对了。

我那些婶婶们，包括弗里德里希婶婶在内，没有一个人亲眼看到接生场面。当时照看帮忙的都是年纪较大、有经验的妇女。她们现在全都已经死了。如果我那些婶婶不是因为当时年纪还小，她们可能早就告诉我，雷波的妈妈是谁了。可谁又在乎呢！生雷波的那个姑娘很可能在战争中就已经丧命。可能她离开了最后一个中转站，去了东部。或者可能就像婶婶们所说的，最终葬在某一处堆积如山的伤寒症病死者坟场。如果她在非法生育后被人发现，就意味着她免不了要挨枪子儿，弗里德里希婶婶这样向我解释道。

以前我们可是压根儿不知道避孕的呢！她这样说着，坐在那里回忆起泰雷津的旧日时光，她的目光游移在自家狭小房间的墙面。随后就有一阵勉强抑制住的笑声在她喉咙里像泉流般汩汩涌动，直到她忍不住哈哈大笑起来。坐在旁边的霍洛庇列克婶婶和多纳尔婶婶，她们俩都在泰雷津度过了自己的青春时光，也跟着大笑起来。

雷波是我们的叔叔，他是泰雷津所有小屁孩儿的叔叔。

我们像梳篦子一样搜索那些地道，就是替他做的。因为个头小，我们能钻进所有阴沟水道，它们的遮盖挡板被洪水冲开过后，会显露在草地间，有时会形成怪异的涌流。地下的一切都未曾腐坏。文化遗产纪念馆管委会那些人树立的警示牌就是个笑话。小孩子伸伸手都能把它们拨拉到一边。而防御工事最深处的那些地堡掩体，则显示出无法抗拒的魅力。

那种感觉真棒：偶尔发现一只空烟斗；或是独自寻找到一处旧牛栏；在人迹罕至的城墙护垛边，空瓶子和避孕套四处散落的地方，紧紧挤在角落里，感觉着城墙的棱角和弧度。

我妈甚至希望我压根儿就没从她肚子里出来。

你应该待在我里面，她总是这样说。外面有什么好惦记的？她自己从来都不出门。

疯太太。

这话是我婶婶们说的，还有那些周围邻居的老太太，经常就爱这么说——弗里德里希婶婶、多纳尔婶婶、霍洛庇列克婶婶，还有其他人——当她们凑到一起，就会唠叨我妈的事情：就因为发生了那样的事！那不是她的错！她就像个牲口一样遭罪呢！

我妈从不出门。她需要背靠房间的边沿棱角，只需要一小块足够喘气的空隙就够了。但她并没有死在疯人院，从来没人来把她带走。她有一次把我绑在食品储藏室里，不让我去上学。即使是这件事过后，即使后来她又有好几次不想让我出门见人,他们也没有把她关起来。我妈妈是一位烈士。换句话说,她是战争英雄,所以她可以做她想做的任何事情。即使她在我上学后试图自杀,也从没有人揪住这件事不放,或者抹黑她的过往经历。没有任何人对我爹说过一句不中听的话,因为他也是战争英雄。在泰雷津有很多像他们这样的人。甚至就连雷波叔叔,他给我妈送过一大捧又一大捧的花儿,他也被认为是英雄。包括那些秃顶的家伙们,还有纪念馆管委会的那些人,都这样认为。尽管他只不过在战争期间出生在泰雷津,小小年纪根本记不住任何事情。

我们是最后一小撮顽强捍卫泰雷津的人。雷波叔叔是我们的领袖。他出生在小镇,在小镇上学,到小镇的纪念馆管委会工作过,后来又辞职不干。但最重要的是,他收集了各类物件。

我和雷波叔叔,还有第一位从外部世界赶来加入我们的撒拉,共同成立了柯米尼亚斯公社。这是我们的国际学校,旨在治愈来自世界各地的学生。

想起采用柯米尼亚斯这个名字的人是"莉娅大帝",她在撒拉之后来到了泰雷津。这是为了纪念约翰·阿莫斯·柯米尼亚斯,被誉为"万国教师"的捷克教育家。他说上学就应该玩耍。

但整个学校最终变成了一片废墟，不仅如此，还燃起了熊熊大火，而我现在正逃往布拉格。

阿历克斯，从 R 国来的人，为我安排了这次行程。

他这样安排，是因为只有我满脑子都是雷波，雷波和他的计划，尤其是我们求助募款的那些人的住址和人脉。我把所有东西都悄悄储存在一只闪盘里，一种小而又小的科技玩意儿，我称它为"蜘蛛"。

雷波确实不同凡响，因为他是世界上唯一生于斯长于斯的泰雷津人。

雷波对于任何有关泰雷津的事情都满怀激情——不仅是它光辉的军事历史，更有它可怖的战争回忆。他花费几十年的时间积攒物件，发展人脉，用来拯救这个城镇。他把这些人脉转交给了我，这样我们就可以通过这些人来募钱资助柯米尼亚斯学校了。

跟你说吧，雷波曾经坚持要让泰雷津完整保留下来。不仅是它的地道、兵营囚铺、地下室、墙上剜出的那些字，还有这里的生活，以及所有居民：蔬果店、洗衣店、饭馆，以及所有在这些店铺里工作的人们。

我认识所有的人。

雷波不想看见泰雷津最后只剩下一座纪念馆，以及教育后代的几条旅游路线。我们没有一个人想要这样。

所以我现在拿到了"蜘蛛"，里面有雷波的全部人脉。我把它塞进衣服口袋,一只手紧紧地攥着它。

因为我已经拿到"蜘蛛",我得去某个地方。阿历克斯已经安排好了。他想让我去他的国家帮助他。他想在 R 国实施雷波的计划。

此时我行走在充斥着各种声音的黑夜里。沿着通往布拉格的公路,过往汽车的轰响不绝于耳。我顺着路边低处的水沟往前走,又坐下来歇一歇,好让自己舒服一会儿。我的后背抵靠着土地,进入了梦乡。

以前我在泰雷津的时候,经常把山羊赶到城墙垛口。这一小群羊细细啃食着青草,不仅加固了城墙防御,也让一堵堵城墙变得更美。我经常把羊赶到最远处,这是我的光荣职责,就像爹常说的那样。从布拉格远道而来的所有代表团,第一眼就会看到这些城墙。他们来到这座小型要塞,向当年遭受酷刑而死的捷克爱国者致敬,还有被折磨致死的犹太囚犯,在泰雷津各处被屠杀的其他人群,或是被遣送到东部死亡集中营的人。是的,这些红砖堡垒,是你离开泰雷津时最后见到的景象,也是你从布拉格抵达这里最先见到的景象。它们是这座要塞城镇的名片,我的少校老爹以前就是这么说的。这也是为什么它们能够有幸披挂上巨型红色条幅:"永远和苏维埃联盟在一起,义无反顾。"我隔三岔五就要把我的羊群赶到那里，再一直走到最远处的城头。

可我的羊儿通常只爱啃食城墙脚下的野草，它们喜欢那些沾染了城头像雪花般洒落的红色砖屑的草叶。

我爹是泰雷津的解放者之一。他在战争结束的最后一刻来到这个城镇，遇见了我妈，最终因为举办市镇广场的阅兵游行而成名。这个广场是玛丽亚·泰蕾莎时期建造的一处巨型点名处①。

我到现在还能回想起我爹指挥军乐队行进的声音。当时我还小，还喜欢躲在我妈的怀抱里，喜欢躲在地毯、沙发、镜子、椅子和其他家具搭成的幕墙后面。嗅着她后脖颈上的芳香气息。到了后来，当我从她身边跑开，跑到城墙边钻进地堡里，跑出去跟其他孩子玩耍，一起学山羊吃草和咩咩叫的时候，仍然可以听到军乐队的声音。作为泰雷津镇年龄最小的孩子，我们的职责之一，是把山羊领到城墙外。后来我爹不让我放羊了，我进了军事学校，而那里的人们要让我将阅兵式的感觉铭刻在心。

我的同龄人多数都进了军校。没进军校接受必要训练的那些人，至少也参加了辅助军团。女孩子们成为洗衣工或厨师或娼妇，男孩子们则成了车夫和工兵。最愚

---

① 原文为德语，经常用来表示纳粹时期在集中营的点名处。

钝的人在屠宰场找到当助手的工作。然而我,作为少校的儿子,是绝不可能进辅助军团的。

我并不介意在屠宰场工作。我可以把老山羊牵到那里。那里距离城墙有一投石的距离,就在墓地旁边。但我必须要去上学。我妈在我离家后的第二年就去世了。婶婶们后来把整个事情的经过告诉了我:我爹在乐队排练结束后回家,按照以往了解的惯例准备进屋。在通常情况下,我家房门都会被挪过来的家具堵死,只留下一小块安全的罅隙,仅够我妈一个人在里面喘气。可是这一次,当我爹按下了门把手以后,却把她给吊死在里面了。她跪在地上,尽可能只占据最小的空间,那是她的拿手好戏。

她疯了!弗里德里希婶婶说。她在那个死人坑里被吓傻了!霍洛庇列克婶婶说。可怜的孩子!我把脑袋埋在多纳尔婶婶的围裙里哭泣时,她这样说道。可我不再是个孩子了,我是军校的逃兵。这种行为要面临各种惩罚:要从两排人中间忍受着扫帚的轮番抽打,一路走过去;四马攒蹄;几百次下蹲;在伙伴们轻蔑的笑声中被人用榛木板抽打;臭气熏天的牢房,军事囚牢——可我他妈的才不在乎呢,我只想回家放羊。我他妈的根本就不在乎什么惩罚,而且我的想法没有错。当年什么事都没发生,过后也没什么事。我爹是少校,毕竟。

不过,他对我当逃兵这件事很不开心。他揍了我一顿,最终为此付出了代价。

我自身的不幸感,源于必须要读书学习这桩事实。我在射击场上跌跌撞撞地跑步,憋屈在落地高窗的教室里,感受到窗外整个世界的压力。我只要有机会就想逃跑,即使没机会我也要跑。即使所有的门都被封住,我也要挤出一条路来。横竖我总是能找到逃跑的办法,即使他们把我锁住,我也能找条路回家。然后他们再追过来,在城墙的某个犄角旮旯里寻找到我。我在这旮旯里把木板砖块堆起来,搭成了一个临时放羊的窝棚。

我爹知道我就躲在那里。

然后嗖的一声,直接把我送回学校。

他们在学校里逼迫我学英语,我们敌人的语言。再学俄语,我们朋友的语言。我持续不断地学习着,两耳不闻窗外事,眼睛只顾盯牢课本,在书页里来回穿梭,勉强撑开眼皮子,好让自己在世界的压力之下得以幸存。感谢这些语言,这是我上学过后唯一能记住的东西。它们也是我成为雷波左膀右臂的原因,是我在建立柯米尼亚斯公社时能够派上用场的原因。所以,我实际上是在继承我爹的遗志。我为了泰雷津而努力工作。就像后来雷波摊开大手搭在我肩膀上解释的那样:我在用自己的方式捍卫这座城镇。所以说，尽管我和我爹有过最后那场争执，而且他还在争执中送了命，但他终究会为我感到自豪。

也许会。

他们最终把我撵出了学校，尽管我爹是少校。我的秉性并不适合军队。

我回家放羊，感到很幸福。别人家的男孩和女孩都已经长大，镇上的小屁孩儿们已经寥寥无几。所以我自己一个人照看羊群。

在泰雷津放羊并不是乡村的休闲娱乐，或是什么谋生手段。山羊是堡垒城镇的象征，它们是生物战争的武器。

这些山羊清理掉城墙沿途路径上的杂苗、野草和灌木，那是我们城防的弱点。它们也许无法跟那些神奇的技术相提并论，例如普鲁士大炮、旋转炮台、虎式坦克、喀秋莎火箭炮，或冷战时期新近发明的火炮。然而，只有山羊才能凭借它们贪婪的嘴巴和消化青草的无穷胃口，让城墙边保持干净整齐。

试想如果某个意志坚定的步兵从苇草丛生的壕沟里爬到城门边，然后用最原始的巴祖卡火箭筒把它炸开一个大洞，那些先进武器究竟能派上什么用场？

如果山羊消失，所有的堡垒城镇都会沦陷。

但我爹并不想让我放羊。他想让我学习指挥军队、发号施令，把人变成机器。那一天，就在这凛冽狂风吹拂了数百年的城墙顶上，砖垛那边正飘洒释放出一缕缕红色的尘雾时，我们俩恶吵了一架。快要吵完的时候，我爹肯定已经意识到我年纪太大，已经没办法再揍我了。于是他紧紧捂住自己心口，又紧紧攥牢了我的手。我想他当时是想把我扔出去，可是我纹丝不动地站着。他却脚底一滑，向下摔落，扑通一声后背着地落进草丛里。我的羊儿们四散逃开，我爬下城墙，大声吆喝命令它们安静下来。我试图用他们在军校教我们的方法让我爹复苏，但是没起作用。

他的军人葬礼很是气派。所有队伍都在主广场排列整齐，然后环绕整个城镇游行，直到晚上礼炮奏响。他们演奏了附近各支守备部队最有名的曲子。我那些姊姊们，还有蔬菜水果店的老板哈马谢克先生，他们都说这是泰雷津历史上最漂亮的一次葬礼。所有人都喜欢这样。当然，许多仍然驻扎生活在镇上的士兵也向我表示祝贺。不过他们随后就把我关押了起来。

第二章

因为我父亲的死,他们判处了我好几年徒刑。但现在再说这些也没什么用了。他们前脚刚把我放出来,我后脚就直奔最近的一家小酒馆。

其他所有狱友都说,那就是你干的。

包括我亲手护送到绞刑架上的那些人。他们自己都说很想去离监狱最近的那家廉价酒吧。

马拉先生是技师,他有一台硕大无朋的史前电脑,就摆在行刑室的办公桌上,绿色的屏幕闪闪烁烁。他被捕后在一批自动化专家组成的法庭上被定为"背叛人民"。不过监狱管理层意识到他的专项技术,所以最后他成了刽子手。社会主义自动化研究仍然是他热爱的事业。

我听人说,以前执行绞刑的刽子手喝起伏特加来都以桶论,只有这样他们才能让自己冷静下来。但马拉先生是属于现代世界的人。他发明了一种游戏。它让上至高层官员下至普通狱卒的每个人都感到开心。

我是他的帮手。

事情发生的经过是这样的，有一天，他们要处决一位斯洛伐克的帮派成员。那是个身材魁梧的家伙。当他戴着镣铐，被人从牢房过道领到行刑室的时候，浑身上下直打哆嗦，两条腿还胡蹬乱踢。四名狱卒跑过来死死地摁住了他。当时我正在拖地，所以他一脚就踢翻了我的水桶。当他走到马拉先生房间门口时，突然停止脚步，就像冻僵在原地般不肯往前挪开半步。于是我过去帮了他一把。

于是他们下次又叫我过去。再下次又叫我。

监狱长官们看见我领着犯人走路的时候，都感到很惊奇。那些人不再哼哼叽叽，不再像动物一样只管厉声尖叫，不再挣扎。他们安详平静，我想是因为我很平静。我的头脑、我的思想、我的双腿，已经适应了泰雷津地道下各种曲里拐弯的地形，适应了牢房和地堡的阴郁和水泥地面，适应了监牢铁栏。因此我身体或思想里没有任何东西会反抗这样的死亡监舍。我不会呕吐，不会凝视屏气低声祈祷，不会做噩梦，不会在事后崩溃落泪。我听人说，那些收钱陪护罪犯走向末路的狱卒们经常会产生类似反应。没人给我钱，他们只会缩短我的刑期。没有哪位狱卒或别的犯人愿意做这事。可我不觉得有什么，经过死囚牢房，迈步走在通往绞刑架活动踏板的走廊——我自幼就在这种环境里玩耍长大。他们那些年在潘可拉克处决的，可都是连环杀手、诈骗犯、强奸犯、黑帮恶徒。他们并不是像我父母那样的战争英雄。在我父母那个年代，许多像他们那样的英雄人物都不足六英尺高。可那又怎样？我在引导这些犯人踏上不归之路时，曾经这样想过。社会主义经济颠覆者、强奸犯和冷漠无情的杀手们——他们知道自己要走向何方，也知道为什么会有这样的下场。马拉先生和我从不对他们恶言相向，我们只是态度坚决。

场面比较安静的时候，我会坐在马拉先生旁边，观看他操作那台设备。他细长的手指在那块史前键盘上舞动翻飞，同时等待办公室中心传来那一道加密广播命令：B区，准备寒冬降临！

听到这句命令或其他的统一口令时，我就会站起身来，走到牢房边，在狱卒监视下将犯人带走。然后独自领着他平静地走过囚牢通道，走向马拉先生。此时他已经将一切准备停当。

当我们走到最后那间屋子的时候，有些犯人的前额会渗出豆粒大的汗珠，他们的双腿会像那位斯洛伐克巨人一样僵直不前。这时我会帮他们一把。马拉先生跟我管这叫"熄火"，就像是关掉引擎。即使是最镇定的那批人，在半路上还很安静，或者跟我玩笑逗趣，说我肯定盼望着明天能吃一顿涮锅泔水什么的。即使是这些人,有时也会突然间感到恐惧,觉得恶心,马上就要呕吐。我的气力,我的平静,有时候到绞刑台的门槛边上就不起作用了。但马拉先生总是知道该怎么做。

我当时并不参加处决过程。

我只是帮忙做些准备,有时在完事过后,拿着水桶抹布和清洁剂把那里收拾干净。

现在我再也不想做那种事了。

每次行刑的间隔时间会很久。那时马拉先生就会让我坐在他的电脑旁。我的十根指头,因为受清洁剂的腐蚀,还有没完没了浸泡在水桶里的缘故,变得颜色苍白,到处都脱皮。此时它们在键盘上运行如飞地玩游戏。屏幕上飘浮着许多点点,它们爬行穿过一道道围墙,然后互相射击。我玩着玩着,就忘记了自己身在何方,到底是谁,忘记了那些厉声尖叫,以及垂死之人喉头格格作响的声音;忘记了稀屎从裤管里流淌下来的场景;忘记了死亡如何把人脸变成了木偶的表情;忘记我自己也快要变成一个毫无意识的木偶,只会根据监狱广播传来的命令和马拉先生的指示而做出反应;忘记了监狱里其他所有人都在憎恨我。这很可能就是世界上第一种电脑游戏。

感谢马拉先生的教导,我不再像以前读军校时操作旧式打字机那样用"二指禅"打字了。很快我就跟他玩得一样拿手。他甚至不得不根据我的积分而改动游戏设置。

他想把这个变成战争版游戏,用作日常训练。

我们一直在改进它。

我愿意按照马拉先生的吩咐去做一切事情。

那时我已经开始有单间牢房,因为监狱长官们担心其他犯人会惦记着要宰掉我。

我的伟大梦想,马拉先生说,就是用自己发明的游戏让全世界人民做好准备。尤其是小孩子,他们喜爱新生事物。为了让世界战胜法西斯主义。

马拉先生可能坐过牢,但他仍然是一名士兵,是共产主义者。他不可能选择其他的立场,显然不可能。

总有一天,这些小小的游戏会把全世界人民联合起来,马拉先生一边说着,一边指着闪闪烁烁的荧幕,那里有各种弯线、直线向四面八方探伸,而我将是其中的一部分。你刑期结束后准备做什么?

我想我当时耸了耸肩。

没过多久,他们就在捷克斯洛伐克废除了死刑。

他们这么做,算我走运。否则他们很可能不想释放我。

直到某一天我减刑后剩下的刑期结束。

然后我走出来了。

我做的第一件事就是找一家廉价酒吧。我没有其他地方可以去。没有家人,没有女友。

这一切都将改变。

我有那么多的狱友魂牵梦绕着潘可拉克廉价酒吧。因为他们的父亲、母亲、朋友、女友、表亲、孩子和老婆将会等候在那里。但他们通常遇到的情况,只是满身刺青的同路人送来的温暖拥抱。

我看见雷波在等我。不过,他可没有任何文身,因为当年他在集中营坐牢的时候只是婴儿。当局甚至不知道他的存在。

雷波站在酒吧门前。他说他知道那些人要放我出来,但他不喜欢在监狱门口等人。

他和我记忆里的雷波几乎一模一样。他老人家穿了身黑西服,巨人雷波,青筋密布的脖子上面顶着个秃脑袋。

我们连酒吧门都没有进。一刻钟都不耽误,我们要回家。

蔬果店老板哈马谢克开着他那辆呼哧乱喘的斯柯达送我们。他和我一样,也变老了。他捎来了婶婶们给我的牛奶,还有一些带猪油的面包,还有煮熟的泰雷津鸡蛋。

我们都管雷波叫叔叔,所有出生在泰雷津这座卫戍要塞的小小孩,以及年龄大点儿的孩子,都这样称呼他。

我们的父亲和母亲都是士兵,他们没有时间照顾我们,他们要维持这座重镇堡垒的运转。这样就已经很好。

我的母亲并不是士兵,但即使如此,对我来说还是跟着雷波更好。

现在我又跟着他回来了。

第三章

当年雷波鼓励我们爬进泰雷津地下禁区的隧道迷宫。当我们不小心踩踏到某个古老标识，上面写着"小心"，或"不得进入！"或"小心地雷！"① 的时候，他绝不会出卖我们。我们在铺满沙砾的下水道里不断发现越来越多的藏身地。我们发现被人遗忘的木板和防毒面罩仓库，发现通道和仅能爬行的空隙。我们还发现一处行刑室，室内到处都是埋在沙子里的空弹壳，这时我们也丝毫没有打退堂鼓。我们把这些东西带给雷波，他把它们塞进自己的挎包。

雷波用弹壳做哨子，吹起来比我们任何一个人的都响。我们在地下墓窖群里举行跑步比赛，他拿一只秒表给我们计算时间，而我们就在水流奔涌的地底深处来回奔跑。他总有故事讲给最小的孩子听，用来安慰他们，可他们在黑暗中仍然会迷路会害怕，还时常觉得浑身

---

① 原文分别为俄语、捷克语和德语。

发冷。

跟雷波做朋友是最美妙的事。

他最高兴的时候,是我们从坑道和掩体的墙上找到一些字句痕迹带回来。在幽深的地下——缩写、日期,还有用钉子钥匙和手指甲抠出来的字迹。他把它们都装进自己那个黑色大挎包,因为他是一位收集者:他所热衷的事情,是了解并牢记一切跟那些年代有关联的东西。当年这要塞城镇变成了监狱、行刑室和枪决场。

他想找到所有这些东西,并且保存下来。

我们当时只是孩子,所以并不怎么当真。

我们爬行在地下墓窖群,蹚过那些脑顶不长眼睛的洞穴蝾螈们居住的水洼,在最外层也就是防御工事下面探寻地堡和射击口。我们这些未来将成为男兵女兵的小伙子和姑娘们,在永恒的阴郁与滴答水流的蛊惑下,很快就学会了羞羞答答地互相亲吻,然后快速抚摸一下对方的身体。在摇曳烛光和蜡油滴落的气味里,我们怎么可能不这样做,既然我们自幼以来几乎都厮混在一起。更不用说,有时候我们还会悄悄地疑惑,再过多久自己就会被勒令上学,或是到某个遥远的卫戍兵营。我们最爱玩的地方,是城墙垛口还有镇上其他那些被废弃遗忘的大片空地。我们尽可能地远离其他人群。

有时候我们把羊拴起来喂养,有时候不拴它们。系了绳的山羊到黄昏时会把草地啃出一大片圆圈。第二天我们再把拴羊的桩子移到别的地方。阳光好的时候——大多数时候阳光都很充足！——我们经常让羊儿随意跑动。它们总能够找到野草最茂盛的地方。如果有一只山羊跑不见了，我们可以通过它的粪便来跟踪寻找。羊屎是黑色颗粒，在绿草丛里很好发现。

但即使在当年，雷波就已经看到情势无法逆转，泰雷津作为一个生机蓬勃的城镇，已经在劫难逃。驻镇部队正在撤离。

雷波还知道，镇上唯一将被保存的就是纪念馆。用雷波的话来说，它是那帮秃头书呆子为了换取丰厚收入而工作的地方。他们和政府沆瀣一气，没有谁比他们更不在乎这座小镇是否被拆毁。

他为什么要执着于每一寸钉头、每一处铭刻，每一粒弹壳，还有我们在四处乱逛后带回来的每一块死人骨头，这就是原因。

他想留住这一切。

当我还是个孩子时，从来没想过问他为什么。我们没有一个人问。任何人问他为什么需要保全这座小镇时，他都不愿意跟他们交谈。记者罗尔夫却是最终把答案告诉全世界的人。不过我如果现在问他，为什么我们不能让这座小镇在邪恶中颓败，让野草生长并彻底覆盖多年前的死亡，多年前的所有苦痛与恐惧，为什么不让它就此消失？雷波也无法回答。我现在听到的全部，就是草叶窸窣的声音；我听到的全部，是脚步在废墟中的回响，墓窖群里的滴水声。全都过去了，没有任何人能够再回答我，因为它已经发生：泰雷津镇已经沦陷。

哈马谢克先生的车开得很慢，而我则满眼惊奇地盯着外面看。在我坐牢前的那段时间，每隔一阵子就会有泰托拉613s车队一窝蜂地沿着公路飞驰而来。这意味着政府要派人到镇上参加战争纪念集会了。其他时候就只有马拉的车，从集体农庄开来的拖拉机，偶尔还有一两辆像哈马谢克先生那样哐当作响的老爷车。可是现在一辆又一辆的汽车从我们旁边倏忽而过。哈马谢克先生解释说，我被关押起来的时候，我们捷克已经成为欧洲的一部分。从那时起，各式各样的汽车开始蜂拥而来。我满眼惊奇地望着那些加油站。它们高贵整洁，就像是我以前想象过的太空船。当哈马谢克先生的斯柯达停靠在加油站油泵旁的时候，我没敢从车里面出来，我害怕这敞开的空间会把我瞬间压垮。我甚至没有向车窗外偷窥。这是我尚未意识泰雷津已经发生巨变前的状态。

我迫切地观望寻找那个写有"永远和苏维埃联盟在

一起，义无反顾"的标语。在我过去的整个人生里，它标志着山羊放牧最遥远的站点。可是现在它看不见了，消失了，只剩下城墙犄角边那一片潮湿松软的狭长田野。

当我们的车开进小镇时，迎接我们的是一片寂静。荒芜的寂静。虽然说它还不算是一座死镇，在驻军撤离后小镇陷入可怕的贫困状态。

几乎不再有人来这里。

寥寥无几的游客正在纪念馆周围闲逛，沿着那几条用来教育后代的集中营行进路径往返来回。他们设计这些路线的目的，是用来铭记那一场人类大屠杀。

我们开车穿过驯马门，斯柯达的车身颠簸晃动几下，停在了中心广场，而我整个人都僵住了。

我的几位婶婶，跟镇上一小批因为无处可去的原住民们都留了下来。现在她们都变成了小老太太，跟其他屈指可数的几位，走过遍地的碎砖瓦砾和房屋檩条，跌跌撞撞地朝我们走过来。他们头发乱七八糟，看上去就像一群被遗弃的人。他们欢迎我这位土生子归来——老先生们，老太太们。还有几个鬼魅般的年长者、精神病人和以前当过兵的跛子。他们现在身患残疾，都住在真正的地洞里面了。

泰雷津地下隧道的砖墙正在坍塌，黑色的地下水到处流淌。那巨大的城门，按照当年设计是为了抵御普鲁士人的大炮，正在一点点地倾颓。没有人再去铲除城墙上的杂草。

那些山羊呢？我的羊群既没有全部死光，也没有老到我认不出它们的地步，除了一对年轻的母羊和小公羊波耶克。它固执、自以为是，现在却几乎全瞎了。我记得，当我还是小男孩的时候，它经常挤蹭着我结痂的膝盖。我没有忘记那段久远时光的温情。

人们提醒我，我自己也留了个心眼儿：那些精神病会偷窃、杀死或贩卖山羊。我刚安顿下来后，就担当起照顾羊群的职责。

雷波和哈马谢克先生把我带到中心广场的一座房子里。他们已经占领这个地方，把它变成了这摇摇欲坠的小镇的中心。

他们住在一间堆满旧板条囚铺的房间里。我听说雷波当年就是在非法状态下出生在其中一张床铺上的。

纪念馆管委会打算在这里盖一栋办公楼，但遭到了这批钉子户的阻止。

我把手里的塑料袋扔到其中一张架子床上。袋子里有一把牙刷，和半管剩下的牙膏，那就是我的所有。

婶婶们送给我一块擦脸布、一件毛衣、几双袜子，还有其他人剩下的几件家当。我这就算是有家了。

这座房子很快就被命名为柯米尼亚斯公社。雷波他们先前偷偷地住了进来。他跟其他几位家宅被铲平的人私占了这座房屋。我们家的房子也已经被夷为平地。对于那些决心留在泰雷津镇的钉子户来说，这里相当于他们的俱乐部。或者说，他们别无选择，只能留下来。因为其他地方任何人都不会欢迎他们。

弗里德里希婶婶还在操持她那间洗衣房。她跟其他几位婶婶买了灶具、平底锅、炖锅，跟其他东西摆在一楼，搭起一间饭馆。

没有什么美味佳肴——如果你见识过人声鼎沸、热闹喧哗的餐厅，再见过我爹那批军官们光顾的俱乐部，就会觉得这地方真是可怜兮兮。不过你在这里总能喝到一碗汤，或是一杯茶。

学者们、秃头们，还有管委会成员们都不来这里。他们待在纪念馆里，照看着他们那些获得国家基金资助、呈现战争恐怖的观光路径；他们和政府派来的工程师们联袂合作，手指头伸向地图上这个正在消失的小镇，指指戳戳。

雷波跟管委会成员和学者们早就闹崩了。最初雷波提出要求说，不能让小镇损失一砖一瓦，即使到了现代社会也不行，他原话就是这么说的。可他们嘲笑他的想法。当然,他们趁着周围没人注意的时候,瞒着他就把事情办成了。雷波在战争时期出生在泰雷津。单凭这个事实,就足以让许多人的血液凝固。所以对于研究人员和管委会成员来说,看着他那张瘦脸,再当面嘲弄他,是不合适的举动。

起初这批研究者召来了一群人。这些人曾经以囚犯身份经过泰雷津,他们当中有许多人说:差不多到时候了,这个代表死亡和屈辱的小镇应该彻底见鬼!你看这座火车站,当年有数十万人都从这里往东走,从此踏上了一条不归路,把它从地图上抹掉吧!它只配留在教科书里。

但其他人却有不同想法。辩论一场接一场展开,而城墙砖石开始倾圮坠落。

最后,政府根据这些研究者和管委会成员的建议,把方案敲定了。

纪念馆要留存下来,但小镇不能保留。没有钱,这件事办不了。

雷波没有参加这些辩论,他从纪念馆离职了。当他还是个婴儿时,就已经在泰雷津的艰苦环境里磨炼成长。从时间的角度来说,他比其他年纪更大的囚徒们拥有明显优势。但他并不想浪费时间去辩论。

旧时的家宅,破损的鹅卵石,肮脏的涓涓细流从裂开的下水管里四处漫溢。坍塌的地堡下面到处是猫，还有鸽子窝。纪念馆被整个荒芜的城镇环绕包围起来。

他们不希望我们还住在那里。我们挡住了推土机的前进道路。他们轻轻松松就可以逮住几个疏于防范的精神病人，把他们锁进疯人院；再连蒙带骗把几位老奶奶老爷爷送走，让他们住进那些公寓楼，然后看着他们所有的生活痕迹从世间消失。

但我们是最后一批居民，我们不会放弃。

我们大多数人都搬进了中心广场的这幢建筑。

纪念馆的那几个人向来都不喜欢雷波。但是相比后来的情况，当我们与全世界联合，而雷波成为泰雷津守护者的时候，相比他们由此产生的刻骨仇恨，这都不值一提。

刚回来那几天，我只知道在这个悲伤的小镇四处游荡，内心越来越感到痛楚。雷波没有理会我。

但我很快意识到：我现在是唯一称呼雷波为"叔叔"的人了。

我所有的小学同学，当年听从雷波吩咐指导在地下墓窖群里钻来爬去、蹚着地下水流，寻找幼时起就淹埋于此的各色物件的伙伴们，已经纷纷四散到世界各地。但凡有能力的人，都已经离开了这个小镇。

那天晚上我独自站在摇摇欲坠的城墙上面，凝望着好些年来没有正经放牧过羊群的蓬乱荒草，思索着泰雷津。

我把小山羊赶进它们自己的羊圈，用一条链子把摇摇欲坠的圈门锁好。为了警告外人，我在链条上挂了一块告示牌，上面写着："我在这里，我回来了，你们小心点儿！"我不想让那些精神病再来把我的山羊宰杀吃掉。我主要盯防的是卡梅奈克和丘斯。这群无家可归的傻瓜，他们住在地窖里，床铺上堆满了毯子和破布。我敢肯定，他们很乐意把猎物拖进这样的地方。是的，我的羊群曾经被人贩卖杀戮和洗劫，就像是这座城镇。老公羊波耶克当年是喜欢用脑袋顶人的小魔鬼。他现在走路也一瘸一拐了。别担心，波耶克，我向他保证，我不会不管你的。

人都去哪儿了？我对着沉默的城墙垛口问道。

我突然意识到，自己站立的地方，正是当年我爹从城头跌落的地方。

这地方好像从来就没人来过，对不对？

是雷波。他跟着我走到了这里。他的黑西装和天际地平线的暮色混成了一团晦暗。只有他巨大颅骨间的那双眼睛在熠熠生辉。

你知道的，你父亲也不会允许泰雷津以这种方式结束。他热爱这个城镇。就在这里的某个地方——雷波伸手指着我们脚底那一片被砖屑染成暗红色的草丛——他从那地方把你母亲从死人堆里拽了出来。

死人堆，是的，雷波说道。他停下来咽了咽唾沫。那是一个大坑。我那时还小，所以我不记得，但他们说当年到处都是这样的大坑。

你说什么？我问道。我丝毫不了解他们生命里的这段内容。

没错，他把她拽了出来，雷波说道。就在那地方，当夜色降临城头的时候，雷波把我爹告诉他的故事又对我说了一遍。

那些苏联军人和泰雷津的解放者，当他们的队伍穿过驯马门进入中心广场时，所有人都衣衫褴褛，一路往前赶路。当时这地方发生了伤寒，你知道吧。他们甚至不敢喝这里的水。许多人水壶里都装着伏特加，但你爹没有。他还是少年人，那个沉重的军鼓，简直快把他给压趴下了。

就在这地方——雷波用右手指了指——他在这里躺下来，把军鼓放在那些大坑旁的草丛里。突然间他脸上的表情变了！那是什么东西在动？一位赤身裸体的姑娘，坐在一堆尸体上面，活脱脱瘦成了一具骷髅。她在向他摆手。于是他解开军鼓的背带，把另一头扔给她，

33

然后把她拽了上来。她的嘴唇干裂起泡,说话急促断续。他听明白了,她是捷克人。对于这位捷克少年来说,这真是可喜可贺的事。以前在历次冲锋陷阵的过程中,当红军一路横扫敌军来救援布拉格的时候,他的任务也就是敲敲军鼓。你明白吧,他没有跟任何平民说话的机会。

红军在卡帕西亚的某个捷克人村庄里把他搭救出来。那地方也许在乌克兰,没错就是乌克兰。这样你父亲就成了军团之子。

他把女孩从尸堆里拽出来,平放在草地上,又脱下自己的衬衣,盖住她那具令人惊悚、骨瘦如柴的裸露身体。你父母初次见面,是阳光明媚的五月。随后他就听见俄国人在哈哈大笑。他抬头看见他们还有那些武装起义的捷克人一道走了过来。他们正准备把德国俘虏关进伤寒病人的集中营,那地方的犹太人已经被全部清空——总数大概四千人,其中有数百名妇女儿童死在那里。你们给我捡来的那些细小骸骨,上面刻有字迹的东西,还有那些发卡,很可能都是他们的。我辨别不出来。我们继续往下说吧。当时俄国人和捷克人正驱赶着德国人经过伤寒死者的乱葬坑,往集中营的方向走。然而有几个俄国人转身朝你父亲走了过来,他们是战友,还拿来了水!是的,他们给这位姑娘喂水喝。今后你可得守着这姑娘喽！俄国人鬼兮兮地咧开嘴冲他笑。哇噢噢，毛洛呆①找了个姑娘呢！我们现在就办场婚礼，好不好？他们用当兵的逗乐方式和他打趣，可你父亲当时快渴疯了，所以他疯疯傻傻地只顾点头。事情就是这样，他们安排了婚礼。她伤寒症还没好，毫无疑问。更不用说刚生完孩子她身体已经消耗得不成样子了！想象一下吧，雷波说道。我感觉到他一只手搭在我肩膀上，而我什么都不想再问。

你知道她为什么会出现在那个大坑里吗？雷波说道，那些强调法律和秩序的当权者，因为她在泰雷津怀了孩子而判处她死刑。那就是她的罪名。可是俄国人来得这么快，德国佬根本没时间枪毙所有被判刑的人。你今天为什么能在这里，现在明白了吧？

不，我不明白，也不在乎！我说道，使劲儿跺了跺脚，脚板底震起了一小缕砖红色的尘烟。

我知道你的意思，雷波说道。我很早以前就不在乎我父亲到底是谁了。毕竟他们很可能一早就把他给弄死了。雷波耸了耸肩膀。

我们站在那里，从城头眺望远方。我妈当年向我爹

---

① 原文为俄语，意为"好小伙"。

挥手的那个大坑，差不多正好就是我爹从城墙跌落的地点。好奇怪。

啊，谁在乎呢，我说道，学着雷波耸了耸肩。

我们互相望着对方，雷波的大手搭在我的肩膀上。瞬间的理解，我们俩已经缔结契约：以后再也不要向对方谈论自己的父母了。

雷波随后告诉我说俄国人是怎样举办的婚礼。战争时期在泰雷津举办的婚礼。

你父亲和你母亲一起留了下来。他从无到有地创作出捷克斯洛伐克最著名的军队音乐，还成立了泰雷津镇军乐队，从此声名远扬。相信我，对于一位在部队服役的少年人，长得像虾米似的穷小个儿，这可不是开玩笑的！你父亲把一切都奉献给了这个小镇！你应该继承他的遗志。

雷波第一次向我坦言他的小镇拯救计划。他已经跟外界联络过一段时间。他四处央求恳请，把警报发往全球各地。

你知道他会为你而自豪的，雷波说道。他在暮色里伸手指指我们脚下的那个地点，阵阵夜风从那里拂过，茂盛的蒿草在摇摆颤抖。

那是我父亲咽下最后一口气的地方。

如果他没有那样死去，这座小镇的毁灭肯定还是会让他丧命，雷波说道。

他很可能是对的。

想象那支仪仗军乐队，它的鼓号声如此威武豪迈，它怎能行走在这堆废墟里！

在生命的最后一刻，在飞身陨落的过程中，我爹眼里看到的小镇城墙就是这番景象。死得其所。对于这位泰雷津的解放者来说，尤其如此。

此时此刻我决心已定，我要把余生贡献给雷波的小镇拯救计划。

我们当天晚上就开始行动。

现在我终于能够合上童年的那一页了。

我们直接回到住所，回到我睡觉的囚铺。雷波在旁边支起一张桌子。他看看我，微笑着点点头，然后指了指墙上：一张互联网的联机图，跟潘可拉克监狱的那幅图一模一样。微小而闪亮的东西。

我点点头。这就是纪念馆原先打算盖办公楼的地方。

你知道我在牢里做什么吗，雷波？

他耸了耸肩。他究竟知不知道？

我们没再继续往下谈。

雷波翻出一个旧挎包，里面塞满了笔记本和纸片。当年他就用这只挎包装满了我们发现后用指甲抠出来的那些字条纸片。这些纸片上面有时会出现一个名字。它们对应的人当中有些幸免于难，或者他们的家人幸免于难，现在则散居在世界各地。

他花费数十年时间寻找他们，根据我们从小镇地底下找来的这些字条。他还留着一些纸片，是从百科全书、教材和回忆录里面撕下来的。现在雷波就坐在我身边，开始凭着记忆誊写。他在编织自己的人际关系网，要用它来拯救泰雷津。

是的，我们在那天晚上，还有接下来的白天黑夜里，都忙着给外面的人写信，呼救求援。我们敲打着一扇扇门窗，以乞求的方式为这座凋敝小镇而战斗，向所有曾经来过这里的人，向他们的亲属朋友发出吁请。我们拉响了警报。

时间飞逝，大家用木板在我睡觉的囚铺上隔出了一间电脑房。我的书桌上面很快就摊满了笔记本，还有成堆的软盘。我们不想走出宿舍半步。

无论发生什么事。

我愿意坐在电脑旁，在键盘上运指如飞，而雷波在我身旁来回走动，或是像多数时候那样，坐在床铺边，向我口授机宜。

即使到了后来，当我们有些学员被安排睡在这个房间，并且一个个因为值班守夜而精疲力竭时，我们仍然毫不在意。我们继续劳作。

雷波知道我们应该联系哪些重要人物。他已经花了几十年的时间来寻找他们,现在有了互联网,再加上我。他很清楚该向谁求助。

他曾经从泰雷津的摇篮里凝望着那些后来的幸存者。那摇篮是一只鞋盒,就藏在他此时此刻端坐的囚铺下面。他需要这些人的钱,需要他们的影响,还有他们那些亲戚朋友的金钱和影响力。

如果雷波没有给我念那些回复信件,我根本想象不到我们的事业会出现这种火箭式的发展速度。有一大批人同意帮我们,没有谁提出质疑。这些都是雷波有意寻找的人,他们从不怀疑这座邪恶之城究竟该不该拆毁,他们不需要任何考虑或讨论。因为他们知道,这里每一间床铺的每块木片都应该保存下来。每块残砖,残旧壁垒的每个角落,泰雷津的每一寸东西都应该永远留存。而且,就像罗尔夫后来写的那样,要用它们来饲育世界的记忆。

不过我并不在意什么回忆。我只是需要一个能够住下来的地方。

我确实希望雷波能拯救这城镇。我希望他的人脉关系能养活我们所有的人——住在这里的每个人,即使是那些半死不活的人。我的婶婶们,老爷爷老太太们,酒鬼、跛子，还有精神病人们。这些离不开泰雷津的人。如果推土机再来，他们可是没有任何地方可去，就像我前面说过的那样。

那天晚上，当我们从城墙边走回家以后，雷波开始向外部世界发送这座堡垒城镇面临毁灭的新闻。从那时起，我们每天都在写信，经常会连续忙活好几个晚上。

很快就有人开始回复。雷波认识的那些人已经向其他人写信说他这个人没有问题。没过多久，所有人都想见一见泰雷津的守护人雷波，这是罗尔夫在文章里给他起的绰号。

罗尔夫的报道刊登出来时，还附有一张巨人雷波的照片。他穿着黑色正装，从城墙处凝望着殷红的暮色，并且宣告道：为了人类的记忆，这个极度恐怖之地必须留存下来。当然，所谓"人类记忆"，是罗尔夫编造出来的——雷波没有谈到自己的活动情况。他也无意饲育世界的记忆。他只是要饲育那些濒临死亡的泰雷津居民。

我们的行动才刚刚开始。

罗尔夫的文章被译为好几种语言转发，它出现在世界各地。所以，现在学院派人士已经不能再替泰雷津代言了。这些学者归政府安排，他们根本不想把数十亿或者只是数百万的钱财投入到一座不再驻军的小镇。现在除了那帮挣足油水、在推土机面前缄口不语的管委会成员和研究者以外,又出现了其他一批替泰雷津发声呼吁的人群。世界注意到了我们。参观者开始陆续前来。

这就是柯米尼亚斯公社的起因。

第四章

　　那天我无意间瞥见一位身穿短裤T恤的漂亮女孩，她的金色发辫伶仃垂挂在汗水湿透的后背上，正在夏季酷热里跌跌撞撞地穿过中心广场。柯米尼亚斯学生公社的一块基石从此得以奠定。当时我正在那里愉快地驱赶着我的小小羊群。这几只侥幸存活的山羊，不仅躲过了拍卖，也躲过了那些精神病的血盆大口。泰雷津的风已经把我身上臭烘烘的牢狱气吹得一干二净，她认出我来了。是的，她来是因为鲁道夫①的文章。她说她觉得自己已经跟我们同仇敌忾，所以想来见见雷波或什么人，再帮一帮我们的事业。我在这鬼魅般的姑娘面前感到头晕目眩，我什么都没说，只是转过身来，带领她穿过山羊四蹄踢起的尘烟往前走。我盼望暮色降临，渴望太阳下山，这样她或许就不会再注意到我满脸羞红时的尴尬。尽管我的身体正倾向她那一侧，偶尔会贪婪冒失地

---

① 前面提到的记者罗尔夫是鲁道夫这个名字的略称。

碰触到她。我带着她去找雷波,而她又好奇地盯着我看。道路两旁一间间破屋的窗帘后面,时不时地有人在扯动帘布,他们从半开的窗户向外偷窥,看着撒拉的两只拖鞋噼里啪啦地拍打在卵石路上。那时节没有多少人沿路走进我们居住的街区,除了带游客前来参观纪念馆的巴士。撒拉从瑞典来到泰雷津,她要寻找祖父、祖母遇害前可能睡过的囚铺。她是集中营囚铺探寻者群体里的一员。恐怖的历史阴云让他们的思想变得沉郁,那些降临在父母、祖父母和亲属们身上的恐怖,或仅是这些恐怖事件居然能够发生的事实,就足以让人沉郁。它们有没有可能再次发生?人类有可能做出什么样的事?这种事怎么会降临到他们头上,而我却幸免于难?如果是我前去赴死,我又会怎样做?这种事会不会再次来临?这些探寻者翻来覆去地思考这些可怕的问题,与此同时某个魔鬼已经占据他们的心灵,让他们大脑变得阴郁晦暗。时至今日,他们仍然因为昔日的那些谋杀行径而备受折磨,于是顺理成章地变成了心理诊疗师躺椅上的问诊者。但是他们当中有些人却开始行动起来。这些人背起旅行背包,口袋里塞好父母的信用卡,就径自奔赴东欧。他们沿途探访,经过波兰、立陶宛、俄罗斯的一处处潮湿废墟——简而言之,在所有这些地方,万人坑极为普遍。探寻者们就像一颗颗水滴渗入神秘东方的地下潜流。因此，他们经常会在痛苦之中沉坠到底，这毫不奇怪。他们当中偶尔会有一两个人在泰雷津现身。他们渴望着缓解头脑里那种令人苦痛的压力。这些人可不是普通游客，他们并不会沿着纪念馆为全世界设定保留的几条大屠杀路径而心满意足地东瞅西看。普通游客在泰雷津镇闲逛时，仿佛这里就是一座中世纪的城堡。他们到处拍几张快照，拍一拍地牢里的录像，还有刑讯室的内景，等回去后再给家里人看。然而集中营囚铺探寻者却从来不这样考虑问题。他们到来时已经被苦痛折磨得几欲疯狂，他们执着于所有探寻者想问的恒久问题：如果它曾在这里发生，它还会不会再次发生？他们清楚自己并非置身于某个中世纪城堡，而是在当年世界被撕裂后留下的深渊里。这是怜悯同情无处容身的场所，一切都可能在此发生。这些想法啃噬着他们的大脑。撒拉刚来时就表现出同样的病状，这也就是她为什么想把小镇每一寸土地都探索清楚的原因。她踩着我那些山羊的蹄印，说：我有一种感觉，他们曾经在这里给我留过一条信息……就在某个地方。

她首先在纪念馆周围穿巡，然后又直奔我们那个乱七八糟的小镇。我想走过每一段城墙，走过这座死亡城镇的每个垛口，我想了解、懂得、感受它们。撒拉在尘烟里、在咩咩乱叫的羊群里说道。我觉得她好像有点儿脱水。我把她带到了雷波那里。

那一天，就像其他时候的每一天那样，我到外面去放羊，直到黄昏来临。不过当我看见黑暗暮色已经笼罩住最后几抹红色晚霞时，就赶着羊群回家了。我经过雷波在一楼的住所，屋里开着灯，我看见了撒拉。她现在完全缓过劲儿来了，这得感谢我的婶婶们。她毕竟是贵客——她给我们这座面临毁灭的城镇带来了有趣的话题。她走起路来脚底生风，周身洋溢着生命的气息。我那几位婶婶多少能够感觉得到。

撒拉在屋子里聆听雷波讲话。这个男人出生以来的第一次呼吸，就在飓风眼里，在所有恐怖的中心，很可能就靠近撒拉奶奶睡过的床铺。她聚精会神地聆听着。雷波打开他的黑色挎包，拿出那些旧字条、钉子、锈蚀的弹壳给她看。我已经彻底忘记这些事情了：在地下墓窖群的某个地方，一切都不会腐烂，我们曾经找到过两片指甲，很可能是在抠墙面石灰时掉落下来，然后又被地下水冲到这里。雷波保存着这些东西，所以撒拉才可以触摸得到。她渴望在这死亡小镇看到生命的细节，于是雷波就向她诉说。

集中营囚铺探寻者们出于对知识的渴慕而来。他们所有人都曾经受到当年这里发生事件的直接影响，他们需要听到有人告诉他们：虽然在他们祖父母或父母身上发生过那样的恐怖事件，尽管这一切都已经发生，但是通过这一切，他们还能够继续存活下去。探寻者互相传递雷波说过的话。这样一来，更多的人想来这里，他们都想聆听这位出生在地狱并且幸存下来、如今生活在当代社会的见证者说话。雷波和他的那些物件帮助他们直面生命。其中有些人，例如撒拉，最后就留了下来。

撒拉！不仅是她的祖父、祖母在这里咽下了最后一口气，她还有将近二十位亲人在泰雷津或波兰某处的黑洞里丧生。只有她父亲成功获救。多亏了瑞典红十字会，他才能跟随一批儿童上船，之后被运送到瑞典境内。撒拉对本镇和政府当局规划保留的那些街道并不感兴趣。她喜欢在破败倾颓的城墙上游荡，喜欢爬过长满杂草的下水道，伸出手指抚摸那些划痕，它们可能是赴死之人铭刻的问候话语。她还喜欢加入我们这些遗留居民的生活。这一点，正是他们喜欢她的原因。她喜欢聆听老家伙们在中心广场漆皮掉落的长椅上吹牛聊天，听他们满怀自豪地说起捷克斯洛伐克人民军队伍游行经过时的场景，说他们总共有多少人参加过阅兵游行，甚至还当过领队。撒拉说的是德语，所有老人都能听懂。她是瑞典姑娘，从外面的世界来到我们中间。她是一道魅影，是生命的迹象。本地人刚开始只是从窗帘后面小心翼翼地看她，望着她兴致勃勃地东瞧瞧西打听。在这遭受世界责罚的坟场，这通向毁灭与腐朽的地域。

但是没过多久，无论撒拉走到哪里，哪里的家门就会向她敞开。很可能因为她让老太太们想起了自己的孙女，或者是小侄女。她们喜欢给她讲些故事，讲述自己在泰雷津的年轻时光。或许她们年轻时还真的认识她祖母呢，噢，那是肯定的。虽然这些老太太以前从来不接待外人，但无论撒拉什么时候去她们家，她们都会把自家塑料台布上的灰尘擦拭干净，打开带镜子的橱柜，在一堆漆娃娃、玻璃小鹿、花式繁复的杯盘碗勺里翻找出白兰地酒杯，给撒拉斟上满满一杯酒。再后来，等她回到我们这座破房子里的时候，不是大呼小叫，就是直接钻进铺上的睡袋。而此时我正按照雷波的指示丁零咣当地敲打着电脑键盘，或是在听雷波向我们朗读外部世界的新闻。可撒拉这边却已经呼哧呼哧地睡着了。我们很高兴她能来这里。没过多久，镇上的老人和醉鬼们也都开始跟撒拉打招呼了。甚至是那几位不可救药的精神病人，有时也会面带羞涩，在尘土飞扬的道路上步履蹒跚地跟随在她身后，好像她有可能要带他们去哪里似的。让撒拉很感兴趣的是，为了表示对她的尊重，弗里德里希婶婶按照旧风俗，斩掉了一只母鸡的脑袋，把它从窗口扔出去,扔进了城墙下的溪流里。她还很喜欢帮哈马谢克先生把球茎甘蓝的菜筐或一袋袋土豆运送到中心广场。她甚至还到厨房里做杂活,帮忙给大家端茶。撒拉决定在这个死亡小镇里过上正常的生活。我的感觉是她正在痊愈,正在出离她的悲恸,逃脱当初像乌云般笼罩在她心头的绝望。对于年轻纯真的人们来说,这种绝望足以让人异常震惊地意识到邪恶力量的恐怖程度与可能性。

有一天撒拉说,我们应该去布拉格买些纪念品,这样就可以给那些走进我们地盘的零散游客兜售点东西。她心头的阴云已经慢慢散去。再者说,她就是这种务实的人。

这时我们跟雷波已经取得了出色的工作成果。我们利用电脑追踪人脉关系,发起募款行动,向外发出紧急讯情。不过,或许因为撒拉初来乍到,是从外来者的角度看待整个形势,所以她坚持说,如果我们能够吸引更多的人来本镇,那么将来抵挡推土机的时候就能派上大用场。

你必须得把游客吸引来,引起全世界的关注。

只有当世界的眼光落在泰雷津身上,我们才能够展开复兴小镇的进程。撒拉这样说道。

复兴就意味着复活，或者说重生，她解释道。

撒拉学过历史、民族学、文学和宗教学。我们所有学生在来这里以前都广泛学习过各种知识。人人如此，除了我。我只上过军校，甚至连军校都没念完。

撒拉还懂绘画。有天晚上我正在键盘上敲打着雷波口授的内容，只听到她一声惊呼，以至于我们所有人都停下了手里的活计。不过那是一声胜利的欢呼。她坐在囚铺上，向我们展示一件绘有人像的T恤。她说那个人是作家弗朗兹·卡夫卡。她从布拉格买了件T恤，在上面添加了"特莱西斯塔特"① 这个词，再加上绞刑架图案和一句话："如果卡夫卡当年还活着，他们会在这里杀死他。"这句话确实抓住了重点！撒拉哇呜哇呜地乐了。她说，她并不奢望拿它去找厂家印刷。我们可以自制T恤，用她的印模，手艺好、艺术感也强，这是唯一有效的办法。

雷波和我都点头称是。我们信任她。毕竟，她来自外面的世界。

撒拉跟我从一开始就相处得很好。她刚来时满怀忧

———————
① 即是泰雷津的纳粹集中营名称。

伤,成天在废墟间徘徊,满脑子的雾水。我时常需要确定,她有没有倒伏在哪条地底巷道,或是被墓窖群里蜿蜒的地下水流冲走;我要确定她有没有跑太远,有没有去旧军械库那边,那地方到处残垣破壁,随时可能有砖头掉下来砸中她脑顶。撒拉跟我渐渐熟悉起来,也熟悉了我饲养的牲口。我带她去看我的小羊圈。她完全不介意波耶克的存在,也不介意它拿羊角抵自己。

撒拉喜爱我养的牲口,而我毫无疑问已经爱上了她。我怀疑她对我也有相同感觉,可是我现在已经无从知晓了。无论是哪种情况,我们俩确实有过几次瞬间迸发的爱意表达——在草地上打个滚儿是一件很简单的事。我能说的也就这么多。任何在公众场合做那种勾当的人,名字会被贴到墙上,就跟过去年月里一样。

夜晚来临时,我们站起身来把羊群赶回家。人们当然会跟我们逗乐寻开心。问题是,从城堡墙砖间落下的细尘会掉进你头发,渗进你衣服,透入你的皮肤。你在草地里翻滚一通过后,谁都能从你身上看出来怎么回事。

我们在布拉格是住旅馆的。那时候我们有不少钱,多得我们都不想去数。我们到布拉格出差,相关费用就从雷波那些联系人源源不断汇来的钱款里支取。

无论何时，一旦我们需要资金，雷波通常都会让撒拉陪同我，有时候也会让其他女孩子陪同去一趟布拉格的银行，然后提取出我们需要的钱款数额。当然，就像雷波说的那样，姑娘们时不时也会买点小东西，所以她们经常要花些时间去逛百货商店。我对钱完全不在意。撒拉负责采购我们计算机室需要的全部物件，还帮我挑选衣服。

她买了T恤和其他的纪念品，想了想我们推广手册的设计，买了几箱准备用来庆祝的红酒。我主要就是搬搬东西，扛着沉甸甸的包裹陪她在城里逛。我们去哪里都坐出租车——撒拉教我怎样招呼出租车。

我们的旅馆远离老城广场，房间里充满了撒拉的香气。它和我即将入住的另一家旅馆房间完全不同。

布拉格的街道多到你数都数不过来。我们的旅馆就像其他所有旅馆一样，是在一条冗长狭窄、曲里拐弯的街道上。布满裂纹的路面，偶尔有一坨狗屎和垃圾。我在这里感到不大自在。

泰雷津是军事重镇。它的布局四方周正。乡下娃儿啊，这就是你觉得那地方容易认路的原因。撒拉向我解释，为什么我不跟紧她就会迷路。布拉格属于中世纪的城市，所以它迂回盘绕，曲折蜿蜒，东拐西弯。她就是这样告诉我的。

我们就睡在这小房间里，安排采购计划，相拥在一起，谈论事情。这是我们每次出差办事时歇脚的地方。

你知道吗，泰雷津真的让我经常想起威尼斯，撒拉若无其事地靠在我肩头说道。周围地板上晾着一摞摞潮湿的卡夫卡T恤。我们刚遇到一场瓢泼大雨，浑身被淋得湿透。此时我细嗅着布拉格雨水留在她头发里的黑色潮气。你知道圣马可广场和冈朵拉吗？你们那个政府资助的纪念馆在世界各国人的眼里就是这形象，但眼前分明就有普通正常的人，只隔着一层漆皮脱落的旧墙。她在摇头。正常人，没错。西欧遍地都是二次大战后留下的集体坟墓，有人在悉心照看护理。可是在泰雷津，让人惊奇的是，你却能看到哈马谢克先生在某个屠杀遗址上卖球茎甘蓝。布夏尔太太和弗里德里希太太对着那台成天卡壳的熨衣机咒骂时，正好站在当年火车驶向东部集中营处决所的出发地。你们还是孩子时，就在那些停尸房里玩耍，在地堡里抚摸对方！这是一场噩梦，你们已经全部遭到扭曲，可你们却毫无知觉。西方人不会让孩子们跑去那种地方。这里人也不允许的！我说道。可你根本不在乎这个倒霉国家，她抗议道。是的，对啊，管它允许不允许呢，我为什么要在乎，只要我自己没被抓起来就好，我说道。撒拉直摇头。我们继续聊着，过不多会儿两个人都睡着了。

第二天,爱国卫队的突击队员们对我们这条街发动了突袭。当时我们扛着沉重的包裹,正要返回旅馆,然后就看见一群吉卜赛孩子在街道之间来回躲窜。这些肤色发黑的少年沿着一条条通道四散逃开,那些身穿坎肩、手里拎着刀和短棍的卫队成员则步履沉重紧追其后。有些人从自家窗户里探出脑袋来,给追捕者喝彩,还向他们指点猎物逃跑的方向。撒拉目瞪口呆地站在那里,她拿的那包卡夫卡也掉落在地上。

两名年轻的卫队成员站在我们旅馆门前堵住入口。他俩正背对着我们,所以我瞅了瞅旁边的地面,看看有没有拆开的脚手架、木头板,或松动的鹅卵石,以便赶快抄起来藏在背后。可是他们已经把这些东西都收拾干净了,这帮牲口。

随后我们就听到他们那帮人从后面的街道过来,唱着口号,一路游行。很快这行军队伍就现身了,身穿黑色T恤、手持旗帜的爱国卫队成员占满了整条街道。最好不要跟这帮家伙纠缠。我对他们的了解,全都来源于我姑姑婶婶们在洗衣房给我讲的那些故事,关于纳粹的故事。于是我抓着撒拉的胳膊肘——年轻的队员给我俩让路。当我们刚进门的时候,我听到后面传来一声:

"喂！"两个人当中的一位，就是后脖颈上文了"卐"字的那个家伙，把撒拉刚掉落的包裹递给我。我拎起包裹，拽着她从旋转楼梯走进我们自己的房间。

撒拉坐到了床上。

哇噢，我刚看见一场集体迫害行动。他们连制服都穿上了。我头一回见识到集体迫害。我想我要把它记在日记里，她说道。

她应该过来帮忙搭把手，而不是像这样絮絮叨叨。我忙着往地板上铺平T恤衫，尽管我刚才肩扛手提，到现在还累得缓不过劲儿来。

我们能听见外面的叫嚷和凄厉的警笛声。有人在街道里奔跑而过，一边高声尖叫。暴民们的声音渐渐远去。

你看着不大像犹太人，幸亏。你头发是金色的，真不赖，我说道。他们还以为我是游客呢，哈哈哈！我觉得这事情太逗乐了。

我觉得自己快吐了，撒拉表示道，她在床上摊平四肢，眼睛瞪着天花板。

你知道的，她过了会儿说道，我们看起来都一样。两条腿、两只胳膊，一两块雀斑，我们俩的英语都说得过去，可实际上这些都是幻影！我们在文化上完全不同。我的意思是，我根本没有接触过某种主义，可你整个人都快被粪堆埋到脖子了！而且你自己还完全意识不到。你养的山羊在圣洁的悼念遗址上拉屎坨子，可你却毫无感觉。你们这些东欧人没有一个意识到自己到现在还这么倒霉的。

我一下子被她惹恼了，她不该把我那些山羊牵扯进来。我陪她到布拉格闷头做事情，而我的羊现在可能又饿瘦了。波耶克才不想理睬这种事呢，这我敢肯定。

喂，我听说你们这帮家伙在以前吉卜赛人集中营的遗址上盖了养猪场对不对？能带我去吗？撒拉再次岔开了话题，可我一点儿都不知道猪的事情。我们从没在泰雷津养过猪。

耶稣基督啊，撒拉说道，你觉得这像正常人办的事吗？在屠杀场地上盖猪圈？

她不喜欢看我耸肩的样子，可我还不喜欢听她乱嚷嚷呢。也许我能拿个枕头捂住她的嘴。我把雷波名字的来由告诉了她。她一声不吭。再仔细看时，就发现她正在抽泣。

天啊，我想那个产婆可能是我外祖母。

没错，你外祖母差点儿把他捂死！她发怒了！就像你这样！

别说了，山羊王，撒拉把脸埋在枕头里号啕大哭。闭嘴吧，你个放羊娃！

好吧，我回答道，我不说了。其实我挺高兴，因为撒拉这姑娘刚跟我们见面时，就像是一道鬼影，可是现在，真他娘的，她又活过来了。她说以前从来没跟我这么老的家伙睡过觉，可到了这里却显得极其正常，因为这里所有事情都那么扭曲怪诞。我告诉她说，在我看来她岁数多大也没关系。十九？二十？二十一？我真心不在乎，我这样说着，试图去安慰她。

可我没想到你竟然是个白痴！撒拉用胳膊肘撑住身体，眼睛盯着我。我想这样一来，我们之间的文化差异肯定更深了。

我们俩仰面朝天地躺着，地板上到处堆放着卡夫卡T恤，外加几瓶酒和其他东西，捷克水晶，我们绘制了"来自泰雷津的问候"字样的茶碗茶碟，还有包里的其他几样纪念品。撒拉给我讲了一堂课的东欧。好几次她忍不住又把我给批评教育了一通。

我在寻找东方，寻找东欧，可是你看，去东欧就意味着你要不停地找寻它。我的亲戚都是从斯洛伐克来的，撒拉说道。她深吸一口气，然后告诉我说，当年一股股的邪恶浪潮怎样把她的亲戚席卷到泰雷津，以及更远的地方。这差不多是所有囚铺探寻者故事的开始——无论他们是徒步来到我们这座要塞城镇，还是从空调旅游巴士上爬下来，慢吞吞地越过一堆堆废墟，走到我们这些窝棚居民的面前,并在这死亡城镇四处游览。他们的祖先发源地,经常是某个兀自憔悴在历史时光里的东方都会,在那里,黑暗伺伏在每一条街道。当他们念起那些地方的名称,那些村庄和市镇名称的时候,嘴唇绷得很紧,好像是他们在家面对镜子练出来的发音,经过连续几小时的漫长摸索,直到一种冰冷的恐怖感袭上心头,直到被畏惧刺穿,再跟我说说亲人们的遭遇好吗?我的祖父、父亲、叔叔、曾祖母……当年他们在布拉格、布尔诺、乌布拉、基辅、德罗霍贝奇、平斯克、克拉科夫的时候……他们是不是没来得及从那里赶快撤退逃到纽约?他们就这样望着镜子问自己,一遍遍排练将来获准进入我们这里时要使用的开场白。我很熟悉这些囚铺探寻者的忏悔:他们很久以前就知道这些事,许多人还经历过各种心理治疗,直到最后决定从我们这里寻找治愈方法。

我祖父是从柯希策来的,撒拉说道,不错,我当时想,斯洛伐克有铁路、有手机,我要先从那地方开始。所以我就动身去了柯希策,到那里看了一圈,大街上的百货商场、咖啡馆和小商店,还有车站候车室,那里的木质座椅很可能跟七十年前一样。我想弄明白东欧的真实模样,因为我们的外表可能一模一样,可文化却各不相同。那么,哪里才是真正的东方?我问道。斯洛伐克人都告诉我说，我下车太早了——斯洛伐克是中欧，可不是东欧！他们就跟那些愚蠢的捷克人一样，抱歉我这么说啊，更别提匈牙利人了，他们甚至不算是真正住在欧洲的人。如果我是你就不会去那地方，他们完全听不懂你在说什么，布拉迪斯拉发车站问讯处窗口的人就是这样向我解释的。是的，他们只是看我可怜。在我执意坚持之下，他们承认真正的东欧其实离斯洛伐克不会太远——当然我得经过狼群和熊罴出没的外喀尔巴阡罗塞尼亚地区。啊，喀尔巴阡人，撒拉说道，于是我看了看地图就出发了。可是等到你问外喀尔巴阡罗塞尼亚人，这里是不是东方时，他们简直气疯了。一派胡言，他们说。这样你就只好收拾行李前往真正的东方，去加里西亚！可是那里的当地人就跟所有波兰人一样，说这里是欧洲，不是东方。这里是中欧的中心！然后他们会摆摆手说：你想去东方？那得到乌克兰，路程可是有些远。然后他们啐了口唾沫，一副气哼哼却又心知肚明的模样。听好了，东方又穷又破！东方人都跑到西方来工作，而不是往反方向跑！撒拉说着话，也啐了一口唾沫。然后乌克兰人又把你打发到更远的地方，往俄罗斯去。但俄罗斯人也并不认为他们是东方，这对于他们是一种侮辱。他们认为自己是整个文明世界的中心，尽管他们确实承认，真正的东方可能是在西伯利亚。没错。

于是我一路经过西伯利亚，乘坐跨西伯利亚铁路走了几千公里，最后到达终点海参崴。我爬出车厢时，全身的骨头都快散架了，可当地人对我说，东方？这位姑娘你莫不是疯了？你不明白吗，这里是西方，我对天发誓这就是西方的尽头，是欧洲的尽头啊！

好神奇，撒拉！你是个真正环游世界的人。我哪里都没去过。

我只字不提自己虽然在布拉格住过好几年，但只是住在牢里，也没说我在那地方做什么事。她理解不了，很可能都不会相信。

海参崴，嗯。然后你就得买点东西吃对不对，来两口伏特加，那是自然，然后走到城市的边缘。那里有张椅子，于是你就坐下来望着水面——它就在那里，道路的尽头：日本海。所以东欧其实并不存在。

你这话说得对，撒拉！

我仍然感谢上帝，随便他是谁，感谢我出生在西方。

是吗？

我大多数亲戚都在泰雷津被杀害了，可我爸跟其他一些斯洛伐克的犹太孩子成功逃到了瑞典，是红十字会把他们送走的，我好像以前跟你讲过。他是在正常环境里长大。他唯一能看到纳粹和某党的地方就是在电影里。跟我一样。

说得对！

你我之间的文化差异源于数十年的恐怖、压迫和羞辱。这就是你们这些人与众不同的地方！我并不认为这种情况会很快改变。

噢，不会变吗？

我爸是个很聪明的小男孩儿。撒拉拍了拍手掌说道，他成功逃亡到瑞典，这就意味着我是正常的。我可以读完大学；我已经拿到了护照，这样我想去哪里都可以；我不欠债。我最后会要一两个孩子，有个男人，再有套房子，所有这些都要有。

嗯！

红十字会的人把他们塞进布拉格的一辆列车，还在他们脖子上挂好标志，然后大家就到了瑞典！你知道瑞典在战争时期是中立国吗？

不知道。那是什么意思？

噢，甭管它了。听我说，你知道为什么我喜欢东方吗？

是啊，你要在这里寻亲认根什么的嘛。

得了吧，才不是，你知道我为什么在这里感觉很好吗？

不知道。

我觉得有一种优越感。你们所有人都有各种心结，因为你们的身份和出生地。可我也有我自己的个人心结，你明白吧？好吧，晚安！

好的，安啦，我说道。

但她并没有真打算睡觉。我们可以听到附近老城广场的声音。那场战役留在空气里的紧张气氛已经消逝。我们长时间紧紧拥抱在一起。不过我很高兴她终于睡着了。至少我现在可以安安静静地把那些T恤装进背包。撒拉装包时过于仔细，有时候我们能花好几个小时。可就算T恤衫稍微有一点皱巴的话，婶婶们总是会给熨平的。她们并不介意。

第五章

撒拉和我不到一个小时就回到了泰雷津。上一次哈马谢克先生开着他那辆破旧的斯柯达来接我们,则是用了半天的时间。

志愿者将撒拉设计的图样印在T恤上。随着我们振兴运动的力量逐步壮大,越来越多的记者和囚铺探寻者跑到这个凋敝的小镇寻找我们。撒拉和我去布拉格出差买东西的次数也越来越多。我们的T恤衫由各位婶婶负责兜售给纪念馆前的游客,卖得就跟刚出炉的蛋糕一样快。我们还卖其他东西——附近的易北河,还有埃格尔河床里捡来的卵石,能做成很好的吉祥物。我们用不褪色的墨水给它们写上编号,这样每位来泰雷津的游客就知道自己前面总共有多少来访人次了。

然后是莉娅来到了我们这里。

发现她的人是雷波。当时她独自离开旅游团,从纪念馆的规定路线跑到别的地方,最后进到了镇子里面。她差不多有六英尺高,红头发剪得很短,甚至比我头发还短。她在正午阳光下慢慢吞吞地穿过中心广场，天气热得她有些发昏。她全身只穿了件绿色的平角短裤——她把所有衣服都脱下来扔掉，连背包也扔了。她摇摇摆摆、晃晃荡荡、慢慢悠悠、小心翼翼地走着。她抬起右手，在空中乱摸乱比画，眼珠子鼓凸着。后来她自己再解释时，就笑着说，当时想着最好能捞一根电线，通过电击来彻底解脱自己的悲惨状态，让自己不断运转、备受折磨的大脑，这努力想要理解事物缘由的大脑歇息下来。所有的那些旅程，已经让她快要发疯。她在波兰参观过许多遗址，然而最关键的地点，她一家人当年奔赴铁丝网包围的死亡地带前停留的地方，就是泰雷津。所以她来了。发着烧，她感到难受得要命。

这位姑娘跟撒拉渐渐熟悉起来。这对她有好处，我们有时管她叫莉娅大帝。她在撒拉的囚铺上睡了一整天加一整夜，当她身体刚刚有所复原的时候，就开始凝神屏气地聆听雷波的讲话。为了寻找家人，莉娅查看过很多百科全书，她还去过各家博物馆，走过一条条历史教育旅游线路。现在她突如其来遇到了活着的见证人，一位诉说着慰藉话语的见证人。能够共同分享死者或失踪者留下的物件，让她感到镇定。一开始是跟撒拉，后来是跟罗尔夫和其他人一起，她把每个小物件都掂在手里看，我们孩童时期从泰雷津地下坑道找来送给雷波的每一样东西。这种分享，以及雷波的力量，开始驱散昔年恐惧留存在那些探寻者头脑里的黑暗愁云。游历丰富的莉娅对于我们来说意义重大。她给我们这群人提供了一个名称。

还有食物。那是她从克拉科夫犹太隔离区学来的手艺。莉娅和姑姑婶婶们开始在厨房里烤制这种可口又松脆的比萨饼，后来被称作犹太隔离区比萨。它的秘密成分，是稍稍撒一点泰雷津的青草末。这是其他地方根本不存在的配料。有一天，莉娅在参观奥斯威辛时遇到的两位女孩也来到我们这里——当然她俩也是当年受害者的第二代或第三代家属。她们头脑里仍然笼罩着一层乌云。莉娅指点她俩来找我们。几天过后，我们的新学员决定留下。她俩负责照看中心广场的帐篷。我们把广场称为娱乐中心。帐篷顶上飘扬着一件彩色的卡夫卡T恤，帐篷里弥漫着犹太隔离区比萨的芳香味道。单凭它，就足以成为复兴运动的标志。因为不仅是本地人从破敝不堪的房屋空壳里爬出来，到这里感受这些香味、色彩和整个复兴运动本身，还有越来越多的人从外部世界向我们这里进发。于是我们在中心广场的第一个货摊旁搭起主帐篷，白天时雷波可以在里面跟人谈话。撒拉和莉娅在帐篷里陪着他，帮他挡开新来的游客。莉娅确实让小镇居民们感到有些错愕,但孩子都喜爱她,尤其是这位人高马大的红发姑娘向他们做鬼脸的时候。不仅如此,她还经常身穿绿色田径服矗立在帐篷门前。任何想要小聪明的家伙,不付钱就别想进来。守在入口处收钱的人是撒拉。有些人来这里,只是为了瞅一眼著名的泰雷津守护人,那么他们就得先在盘子里放一枚钱币。现在撒拉每次看见我等她出来一起放羊时,总是会摇摇头。实际上,从雷波开始到中心广场主帐篷跟新来的人聊天后,撒拉就不再来看我了。我想这是我为什么会答应阿历克斯的原因。

我们那时已经开始自称柯米尼亚斯公社。这个名字是莉娅想出来的。她认为我们应该提供一些有关那段恐怖历史的教育课程,再辅以相关治疗,还有舞蹈。我们同意了,因为她是从荷兰来我们这里的,而荷兰是柯米尼亚斯被无情驱逐出波希米亚以后居住的地方。

"快乐工坊"则是撒拉的主意。

*

有一天我和波耶克还有其他山羊出去溜达。正在东游西荡的时候,有只母山羊蹲下身来,于是我们就停下来等她。山羊尿尿就跟女孩子一样,你知道吗——知道这个的人并不很多——多亏我们停了下来,因为突然之间我看到……撒拉,就在我们下方的草丛里!卡梅奈克这个精神病刚把她打翻在地,正站在她身边。我顺着草坡猛冲下去,扯起嗓子向他厉声喊叫。卡梅奈克抄起拐杖,一瘸一拐地跑了,就像一只模样恶心的虫子从草丛里穿梭远去,屁股后半截闪着亮光,手里还拎着裤子。撒拉站起身来,她的T恤已经被扯到胸部以上。她惊呆了,一声不吭,于是波耶克和我把她护送回家。那天晚上她想到了"快乐工坊"这个主意。

那几个精神病都在躲着我。有一天我在哈马谢克先生的蔬菜店门口停下来的时候,卡梅奈克和另外那个混子瞟了我一眼,马上站起身来摇摇晃晃地走开。这两个人穿着破旧的军装大衣,拐杖敲击着地面,咔咔作响,他们走过一篮篮的烂土豆、一袋袋洋葱,还有球茎甘蓝。他们肯定不想跟你说话!哈马谢克先生说道。我没跟任何人说起过我在监狱的事情——我为什么要说呢?——可那些精神病似乎或多或少听说过我在那里做过什么事。关进潘可拉克监狱的那一群大嘴巴里有人认出我来,并且出卖了我,然后整个事情就传开了。他们可能是跛子、小偷和窝囊废,但他们的触角无所不在,他们以某种方式联系到了一起。

撒拉替他们想到这间快乐工坊的主意,然后把它成立并运营起来。

她甚至跟镇上商谈好,也就是跟纪念馆商谈好,让这些人可以动手干活,这可是前所未闻的事情。

那些精神病做好笤帚,然后拎着它们在镇子里四处兜售,有时则沿着纪念馆的线路,而且还着实挣了些钱。

最终他们将在某种意义上为自己感到骄傲,撒拉说道。

她没有让卡梅奈克滚蛋或怎么样。她反而穿着崭新的T恤衫拍照,然后再去她在中心广场成立的快乐工坊监督。工作坊紧挨着T恤摊,距离卖犹太隔离区比萨的地方也不远。他们的第一间工作坊只需要一块遮挡太阳的柳枝篷子。那些精神病坐在地上,胡子拉碴,身上到处是伤疤痂壳,穿着破衣烂衫的军装和运动服,或是他们能够偷来讨来的其他行头,埋头制作出拿到手就会散架的笤帚。这样一来他们总是有许多活儿要做。无论雷波走到哪里,他们都会向他恭恭敬敬地点头,暗地里又色迷迷地瞟一眼女学员,尤其是撒拉。不过他们从来都不会留意我,我也不把他们放在眼里。

他们拿着笤帚走街串巷,把地上掉落的东西扫成一小堆一小堆。没有人再敢对我们任何一位学员伸出咸猪手,尽管我认为这主要不是出于骄傲自尊,而只是因为有人监督。

他们需要光亮、愉悦，需要从事些活动。我把撒拉从急吼吼的卡梅奈克身躯底下拽开的当天晚上，她这样宣布道。她准备动手筹划快乐工坊时，莉娅大帝也表示认同，对的，对于人类弃儿采取这种人道主义措施，完全符合约翰·阿莫斯的思想。于是这计划就成了柯米尼亚斯公社的一部分。

判断一个社团有没有价值，可以看它怎样对待那些最穷困的人。这是撒拉给我的解释，因为我感慨她在险遭强奸后居然还做出这种反应。她差点儿就被人在城墙下哪个窝沟里揍死，或者是受尽折磨，鬼知道还可能再发生别的什么事情。

如果你把他眼珠子抠出来，也不会有人感到奇怪。我会摁住他不让他动。

她瞪了我一眼。

*

法院传票随后接踵而来。

雷波把这些传票揉成一小团扔到地上。他既没有时间也没有兴趣回答不知道来自哪个愚蠢法庭的愚蠢问题。他正忙着给人授课。此时此刻我站在中心广场，拽着山羊脖上的系绳,眼看着法院传票消失在尘土里,被游客们踩成碎渣。有些人拖家带口来泰雷津看我们。当我牵着羊到达中心广场时,孩子们很高兴。我的母山羊已经所剩无几。有一天,我把其中一只羊的牵绳交给弗里德里希姊姊,交到她在经年累月的劳作中日益粗糙的手掌里。她转手就把它牵进了饭馆。我跑回自己囚房里的办公室。我再也不能像以前那样照看自己的羊群了——所有事物都在变动,事情在继续发展。

纪念馆那边很快就递来第一批控诉信,他们声称:在中心广场搭建主帐篷,对当年曾经有数十万人从此处前往集中营赴死的神圣场所构成了严重亵渎。他们说,我们吵吵闹闹、当街叫卖的行为完全有悖于法律。雷波照样还是把这些控诉信揉成一小团,然后扔到地上。他从来都没有注意到,每当我听到"控诉"这个词的时候,就会可耻地爆出一身冷汗。我先前被判过刑,我并不想回到牢里去。我非常确信,监狱领导们压根儿都不会理我,因为不再需要我以前的那项特长。可是锁在号子里的那些家伙们,尤其是那一批冷血无情的黑帮分子,那些嗜血的神经病和强奸犯,没有人再来绞死他们,所以他也不会忘记我原先曾经帮忙做过绳套买卖。他们相互间都认识。铁槛囚牢的世界里,记忆以数十年为计算单位。

我知道我不想再回牢里去。

没毛病，对不对？

这就是我为什么答应R国人，为什么跟阿历克斯走到一起的另一层原因。

我擦掉眉头上因为畏惧而冒出的汗水，想跟雷波谈谈这件事。但他正忙着要去参加晚间会议。暮色落在城墙垛口上，对于我们这个群体来说，开会是最重要的事情。雷波不再像以前那样关注我了。这并不奇怪！我不再是他唯一能够拍打肩膀称兄道弟的人。有一大批年轻人，比我还年轻的人，现在都管他叫雷波大叔。他们源源不断地到来，让纪念馆那些秃顶专家和政客们感到很不开心。越来越多的游客刚下巴士就直奔我们这里。他们穿过荨麻丛和倒地的栅栏，越过砾石堆，经过驯马门，自己找到中心广场，饱餐一顿犹太隔离区比萨，买几件卡夫卡T恤，再跟身穿黑色正装、很久以前亲历过恐怖岁月的雷波合影。当然，他们还会给撒拉拍照，因为她是美女。还有莉娅大帝——他们以前从未见过她这样的人——货摊前的姑娘们总是拿着事先准备好的请愿书请游客签名，上面写着"拒绝推土机！"

这就是罗尔夫第二次过来找我们时的情况。罗尔夫是记者，他让整个泰雷津复兴运动风生水起。他仔细聆听过雷波的想法，聆听过所有终结在波兰或立陶宛甚或R国黑洞里的恐怖故事。罗尔夫回到泰雷津给新来的人拍照。囚铺探寻者，他们隔三岔五就闷头扎进我们的主帐篷，满脸惶然的表情。他们已经听说，这里没有谁能帮助他们从所有真实发生在人类身上的恐怖事件中整理出头绪，但他们至少能够知晓怎样与这种恐怖的认知共存。罗尔夫的照片被登载在世界各地华彩靓丽的杂志上。漂亮的照片，漂亮的年轻人，他们穿着T恤、短裤、斗篷，还有各色披肩，他们佩戴着各式各样的装饰，展示着剃光的头皮，或垂挂到腰际的细辫。这些照片激励着其他年轻人到这里来了解情况，而在他们看来拯救小镇的战役绝对正确。在一切只能相对而论的世界里，这可是伦理意义上毫不含糊的事情。罗尔夫解释道，这就意味着我一举成功啦！他这样说着，镜片后面的双眼里充满了笑意。罗尔夫在镇子里四处走动，他看见年轻人络绎而来，于是就滔滔不绝地发表感想，说这是多么绝妙的题材啊，因为单是雷波的故事本身未必能够捕获人心，事情已经过去太久。然而你此时就处在黑暗的中心，触碰到恐怖深处，这就让人无法抵挡！他告诉我们事情肯定如此。雷波召开的晚间会议，簇拥在主帐篷的人群，还有我们夜间在城墙脚下草丛间跳舞的场景——报刊新闻界对这一切感到心醉神迷。你们通过自身能量向世界传递出一个强有力的信号！罗尔夫说道。他很可能是指他自己的记忆世界，因为他也跟我们住在一起，尽情欣赏着小镇的日常生活状态，帮助弗里德里希老婶婶把水桶费力抬到车站旁边的洗衣房。对于他这么瘦骨伶仃的人来说，做这种事肯定很吃力。然后他就站在破破烂烂的小站旁陷入沉思，弗里德里希婶婶则在旁边洗涮熨烫，一边说着闲话。罗尔夫站在那里盯着铁轨，目光沿着生锈的轨道一直看着它们消逝到远方，消逝到天际线以外的波兰，那是泰雷津所有列车当年驶向的终点。不过，只要弗里德里希老婶儿一打招呼，罗尔夫立刻就会跑到跟前，伸出手来帮她拎水桶。

有一天罗尔夫陪我带着波耶克去草场——我俩隔三岔五地结伴去那里——后来在一个高高的城垛底下，我们遇见了阿历克斯。他从 R 国来，刚刚来到泰雷津，身旁是马露夏卡，一位红头发姑娘。两个人都扛着背包。显然她是跟随他一起来的。

我们跟这两位新来的人打招呼，又握了握手。可阿历克斯告诉我们说，他俩的名字是新起的，刚才通过驯马门的时候才想出来。你们觉不觉得，新名字听起来很有捷克味儿？他说道。

那当然。我点了点头。罗尔夫没有理会，他不会说捷克话。

　　阿历克斯解释说,一九六八年苏联军队占领我们国家时他正在当兵,他的捷克语就是那时候学会的。我用一根绳子拴住了波耶克。它现在已经不再忌惮罗尔夫了,但是我敢肯定它会很乐意顶撞阿历克斯或马露夏卡。

　　阿历克斯站在那里说话,胳膊来回摆动。这时罗尔夫掏出相机——他经常把新来者的故事卖给各家杂志,好让全世界看到柯米尼亚斯公社的发展——可是阿历克斯刚听到镜头的咔嚓声,就迅速伸出手来,马露夏卡也开始疯狂地拉扯他。等我刚明白过来,发现罗尔夫已经被他们俩围在中间,相机已经落到了阿历克斯的手里。他说,R国跟欧洲其他地方的情况不一样,我们俩没那么着急要出名,明白吗?

　　明白!罗尔夫捏着嗓子回答道。阿历克斯把相机递还给他。我发觉他的手指颀长,动作颇为紧张,这双手要是操作电脑,或者是拿手术刀,早晚都能够派上用场。他说自己以前是医疗人员。苏联人在米洛维采有一处基地,他在那地方的生化研究所工作过。我想他把这件事告诉我们,是为了让我们不要误以为他曾在一九六八年驾驶坦克向老百姓开火;或者更糟糕的情况,比如说当过克格勃。开什么玩笑?无足轻重的医疗人员?我们继续闲聊着，这样可以彼此熟络起来。另外，我肯定也想在脑海里把阿历克斯短暂的暴力行为遗忘干净。你是 R 国来的？那边情况不太一样是吗？好，我们表示尊重。我们互相点头，微笑着。

马露夏卡站在那里，两只胳膊横抱在胸前。汗水浸透的 T 恤衫散发着她的体味。牛虻、家蝇，还有蠓，在飞行穿越她的芳香区域后，由于感官至乐而陷入迷茫，它们从此将变得不同，我敢肯定。赤金色的头发披散在肩头，双脚赤裸（这稍微有点儿冒失），站在红色草地上，仿佛她最初就在那里。

显然他俩并不是大家常见的那种精神紊乱的囚铺探寻者，但他们对我们着手拯救这座要塞古镇的工作很感兴趣。

罗尔夫顺手卷了一枝很粗的叶子——他前不久把这种铁锈色草叶和烟叶混合在一起试了试效果——他替我们这一小拨人卷好这一枝，把它递给了阿历克斯。我们有许多朋友都爱抽这种红草。没有人知道它为什么能产生这样一种兴奋提神的效果。

不过，阿历克斯来这里可不是为了自我治愈。他对我们的复兴计划很感兴趣。他最喜欢来我们用木板在囚铺空闲处隔出的那间小办公室。他喜欢站在我的电脑旁，目瞪口呆地看着我们在拯救泰雷津运动过程中联系的那些人名。他真心敬畏我们为小镇生死存亡所做的工作。很久以前，我们就不仅是给原来的囚徒和被屠杀者的亲属们写信了。我们每天都在逐步扩大自己与新闻界乃至于互联网的联系。我们毫无顾虑地依靠各位工业巨子、煤炭大亨、列国总理、乐善好施的时装模特、冰球明星，还有国际政治的要角们。撒拉和罗尔夫根据他们各自的空闲时间，充分发挥了英语方面的卓越才华来满足我们的需求。雷波现在可出名了。作为泰雷津的守护人，他几乎挨家挨户地敲门求助。他没有忽略任何一位。许多人都很乐意捐助，因为他们想纠正全世界关于这段历史的记忆。有些人则根本不想搭理，然而当雷波亲自登门恳请时，他们为了省事，会按照自己的方式扔出几个零钱，而不是继续置若罔闻。罗尔夫和他的记者朋友们继续让全世界各大报纸的页面上充斥着那些青年囚铺探寻者的心迹告白。他们用文字描述自己如何寻找治疗创伤和精神紊乱的办法；描述他们如何想跟同龄人一样幸福欢乐，却因为那些困扰内心的阴森故事而不得解脱，所以只好到东欧进行瞻仰，因为这里的废墟依然存在，可以用双手亲自触摸；而雷波又如何帮助他们恢复了安宁。这些来自犹太人大屠杀遇难者第二、第三代子孙的心迹告白，与雷波自己的故事交融混合到了一起。按照罗尔夫的说法，这个故事撼动了世界的良知，触及恐怖的黑暗深处，同时又给予人希望。后来罗尔夫给我们镇配套制作了几次电视报道。雷波在节目中身穿黑色正装，巍然挺立在市镇中心广场的主帐篷里，向一大群游客们讲述那个世界的恐怖，以及怎样与之共存的方法。电视节目几乎没怎么表现我们的静坐示威活动，因为等到雷波结束夜间演讲，并且教导人们如何面对那个世界的恐怖之后，就到了我们的娱乐时间，跳舞时间。就算我们只是坐在城墙旁边，也经常感到很开心。大家啜饮着红酒，抽着叶子，抬头凝望星斗或者俯视篝火，感觉到内心的宁静。面向外部世界播放的电视节目内容，当然都是囚铺探寻者的故事，他们来到这个死亡之镇，是为了寻找世界上最恐怖的秘密，其实就是绝对的邪恶。没错，在我们的集体治愈舞会上，这些深受自身思想折磨的受害者通过舞蹈而净化自我。舞者之间显然流动传播着治愈的力量，它通过成捆成束绽放的火花而相互联结。带头引领人们在古镇陡峭红墙下翩翩起舞的，是替我们出售纪念品的那些女孩子，当然还有撒拉和莉娅大帝。她俩作为柯米尼亚斯公社的创始人，每次夜晚集会时都分别侍坐在雷波的两侧。

*

是的，罗尔夫确实大获成功：有些视频节目的制作极其精彩。从此以后钱款滚滚而来……滚滚而来——成堆成堆的现金。

不仅如此，我们的学生也想出很多申请拨款、借贷和补助的方法，以此弥补我们成立教育中心的费用开支。这种类型的教育中心在全世界独一无二。

撒拉比较务实，她负责协调整体行动计划。

学员们开始自己筹备钱款，于是他们的父母和亲戚最后经常会出现在我们的名单里。随之而来的就是一整批公司、企业、商号和其他机构。它们繁若星辰，数目可观。

这就是我和罗尔夫还有波耶克遇见那两个 R 国人时的情况。

从此以后，阿历克斯就再也不让我离开他的视线。至于马露夏卡，好吧，我本来就挺乐意跟她聊天，跟她一起到镇上闲逛，或者做点别的事情。可她总是跟阿历克斯在一起，就好像是他的影子。

有天晚上，在跳舞的时候，阿历克斯再次跟人发生拉扯冲突，但他这次拉扯的不再是罗尔夫的相机，而是某个人。菲耶塔是囚铺探寻者中的一员,他刚刚走出抑郁状态,来我们这里回归平实生活。当时他正跳着舞,心里面不再感觉到痛苦。他在红草的作用下壮起胆子,邀请马露夏卡跟他一起跳。她当然一口拒绝——她从来不跳舞——可是陷入迷狂状态的菲耶塔却想把她抱举起来。突然间阿历克斯从天而降,菲耶塔被他一拳击倒在地。

阿历克斯站立在倒地的菲耶塔身旁。他是在等待其他学员的反应吗?我该怎么办?我们这地方从没发生过这种事。菲耶塔的朋友们把他拖到一边,给他拿了点喝的东西,然后继续跳舞。这件事情发生后,两个R国人嘀嘀咕咕地到处告诉别人说,马露夏卡不会跳舞。好,现在所有人都知道了。

*

我们马不停蹄地工作着,我们在这座城镇的过往废墟上建起新的生活。

有一天,莉娅忽然想到,自己由于痛苦迷惑而发疯之前,曾经是一名优秀的建筑学专业学生。从此我开始陪她坐着出租车到处乱跑,扛着画架画板,还有各式各样的工具和材料装备,那种感觉就像是第一天上学。我们还从互联网上购买了一套特制的橡皮擦以及其他物品。莉娅和我从来没在布拉格过夜。

在莉娅的敦促和监督下，我们学员里有许多人都不再玩电脑游戏，也不再写博客了。总之他们都停下平常闲暇时所做的事，把残垣断壁清理干净，用小推车运走坍塌的房檩和成堆砖块，为她的工作室创造出了一个整洁宜人的空间。

冬天的时候我们就收复营房，莉娅眺望着前方说道。

她和那几位建筑师同伴，还有其他具有艺术天赋的学员们一起展开工作。

我们要重建泰雷津镇已经坍塌或正在坍塌的一切，她说道。毫无疑问，我们不会到反应迟钝的纪念馆管理处那边寻求指导，或者去找心不甘情不愿的政府。我们要按照自己的方式做事情！

有天晚上，莉娅大帝向雷波和盘托出她的最新想法——也就是说，大家应该跟全世界杰出的建筑师共同协作（当然是通过她的校友关系），开展一场竞赛，让这座城镇焕然一新、全面美化——啊哈，这主意怎么样？

雷波眉开眼笑。

当然这要花些钱，说白了是要花不少钱的，莉娅脸色微红地说道。

雷波笑出声来。

他在那些画架中间开心地走来走去。画架上是学员的绘画作品，表现内容是那些残垣断壁、废弃宅院和防洪堤岸的新面貌。他们大胆绘制出一个庞大的城镇蓝图。一座座崭新的高楼大厦将傲然矗立在这里。这是一个迄今为止仅仅在我们头脑里存在过的城镇。

对于我们来说，雷波是核心，是关键，是不可或缺的人物。他白天在主帐篷里对大众谈话，夜晚集会时给我们做讲演。这时节我总在电脑上敲敲打打，遵从他的指令，继续着我们以前所做的工作。

联系方式都在我这里，整个数据库都安全存储在"蜘蛛"里，也存储在电脑里，而我在不断地添加内容。

阿历克斯陪我一起坐在囚铺房间的电脑旁。

他脑子里的那个计划肯定已经酝酿了很久。

他很快意识到，如果要说谁能够完整掌握我们这套收益丰厚、从巨鲸级人物到小鱼小虾的人脉名单，那个人就是我。

柯米尼亚斯公社举办的活动，未必都适合电视转播和全世界的关注目光：我们在私占房屋里举办夜间会议，仅限于自己人的范围。

每天晚上，新加入者以及老练的成员，都会围成一圈坐在雷波身旁。

所有人都可以付费进入主帐篷，但夜间会议却仅限于柯米尼亚斯公社的核心成员。夜晚是为囚铺探寻者准备的——我们总能从普通游客和打探消息的人群里把他们区分出来。撒拉和莉娅大帝从不缺席，现在连罗尔夫也加入进来了。他们把囚铺探寻者带到雷波这里。对于那些体会到不幸与病痛的人来说，这样做实在是太值得了。在柯米尼亚斯公社，在我们私占的房屋里，一切都那么真实。雷波端坐的床铺，是当年他母亲违法生下他的地方，他获得名字的地方。他谈到很久以前这邪恶小镇的种种恐怖；谈到成千上万的人，就在我们此时此刻呼吸其间的围墙内死去；谈到所有走出围墙、登上列车并驶向死亡终点的人们。然后他会把当年那些遗物挨个儿传递给大家，让我们所有人都有机会触摸到它们。这些东西让他回顾的每件事都变得栩栩如生，昔日印象在我们眼前闪现。有些人哭出声来，是的，许多人都流下了眼泪，但雷波还有办法引领大家走出来，即使是最无望的人：事情已经发生，它无法挽回，但即使看到所有这些恐怖，大家仍然可以继续生活。看看我！我就出生在这里，我仍然还活着！雷波的话好像炽热的烙铁，刺透了那些过度敏感的青年人脑海中的层层乌云。撒拉由此想到，夜间集会时应该用蜡烛照明，这样可以让雷波的观点给人们留下更深刻的印象。雷波的谈话比所有剧目表演和教科书加在一起都更加有力，是的，学员们喜爱他的教诲。他们在那些漫长的夜晚，在我们私占的房屋里，被城墙边的红草所迷醉。他们在自己的囚铺上颤抖着，让自己的心灵进入雷波的心灵，好像用自己的手指探入一道深深的伤口。

但后来事情就发生了变化。

随着我们的名声在全世界到处传播，随着这声望日益增长，事情就来了。

拍摄我们举办游戏活动的电视节目，女孩子们跳舞的形象，在世界各地迅速流传开来。我们出名了。然而许多记者写的东西跟罗尔夫还有他朋友们写的完全不一样。那些报纸仍然还以雷波的照片作为头版。照片里的雷波身穿黑色正装，傲然挺立，但身边却围着一帮裙裾飘飘的女孩子，身上装饰着一片片的草叶。"死亡小镇的嬉皮公社"，这是其中一张图片的注释文字；"老犹太亲手打造的后宫"，另一份注释文字则这样写道。后来他们确实开始对我们进行大规模报道，并且招引了太多的人，其中有些人一上来就辱骂我们。我们的各路冤家对头觉得，我们正在无耻地利用他人的悲苦而榨取钱财，用来供自己奢靡淫乱。他们派来了侦探、税务官和财务监督人员进行调查。

自然，会计财务并不是我们这个组织的强项。

几项调查同时展开。审查者突袭我们的摊位，没收我们的货物，他们还说想确认这些物品来源是否合法。卫生官员们化装成游客，成批购买我们的犹太隔离区比萨，然后把样品送到检疫实验室，并且在检测结果出来之前，禁止我们继续售卖。更多的指控诘难随之而来。要求应讯调查的传票被揉成了一个个小纸团，扔得到处都是。

对我来说情况相当不妙。

我知道我绝不能再去坐牢。

可又能去哪里呢？

这时我收到了一个邮寄包裹。里面有一封信和回信地址。

我想，或许是有人看到了我像撒拉那样在雷波右侧侍立的照片。以前从没有人给我写信，更不用说是美国来信了。我牵着波耶克走过草地，打开了信件。

亲爱的搭档：

我知道你的刑期已经结束。我在美国找到了工作，而且在好几个州做事情，所以我坚信我们的职业前途光明。你以前帮忙开发的游戏挺成功，所以我决定给你付一小笔钱，表示感谢。如果你还希望我们继续一起做事，请告诉我。

　　你诚挚的

　　下面的署名是马拉先生。波耶克拿鼻子蹭了蹭信封。我把它推到一边，捏了捏信封。是一张光盘。《隐秘与危险：豪华版5.0》。哈！这是柯米尼亚斯学员们玩得最多的游戏。我不玩。我没时间。

　　我没有再读这封信。我把它团成一个小球，扔了出去。让风带走它吧，我心里想。

　　我和波耶克坐在城墙边。它是我羊群里剩下的最后一只。它又瞎又跛，可怜的家伙，项上的领圈都快磨秃了。

　　突然间，阿历克斯站立在我的面前。还有马露夏卡，她在微笑。

　　他答应给我一份工作。去他们国家，R国。他说我只需拿到柯米尼亚斯的数据资料就行。我们与慷慨大方的金融界建立起来的各种联系。这些数据藏在我的脑海，藏在了"蜘蛛"里面。这是一只闪盘，微型技术产品。

　　等我到达之后，可以了解到具体细节。

阿历克斯在草丛中坐下,马露夏卡还站在那里,低头看着我。我抬头注视着她,一边听阿历克斯向我解释说,柯米尼亚斯公社的状况已然岌岌可危。

他谈到公社面临的各项指控,包括资金挪用、逃税、勒索、阻碍政府执法、藐视法庭、侵占公共财产、破坏公共财产、扰乱和平等等。他还提到刑法里关于腐蚀青年的条款,以及许多其他条款,这些条款将从天而降,彻底打破我们泰雷津镇寻常宁静的生活,就像贪食无厌的鸬鹚冲向鱼群密集的泥沼。

他还补充道,根据他自己的渠道消息,事情已经定下来了,推土机队伍已经出发上路。

你怎么知道的?我问道。

阿历克斯指了指城墙,那边有一群快乐工坊的劳作者,他们正在灌木遮蔽的大沙坑里闲逛倚躺,饮酒抽烟,在结束一天工作后沉浸于自己平常爱做的事情。

什么时候?

明天。

阿历克斯笑了,他再次冲着那群无家可归的人比画了一下。

我闭上双眼,相信他说的话。

这些精神病目前仍然来回游荡在我们颓败的城镇与国家批准的纪念馆区域之间。他们无论到哪里都有自己的耳目。如果马上要发生什么事,他们都会知道。

我睁开眼时,看到了马露夏卡的美丽脸庞。她和我对视凝望片刻,然后闭上眼睛。我的目光尽可能长久地停留在她轻微翕动的眼睑上,然后点了点头。

阿历克斯将一枚机场储物箱的钥匙交给我,向我描述了里面有什么东西。他告诉我应该在何时何地等候我的接应人。这位接应人将带我去他们国家。

我告诉阿历克斯,我觉得最好的接应人是马露夏卡。

我俩互相打量了一番。我不知道他在想什么。

我可不在乎你们这帮家伙是不是马上要完蛋,阿历克斯说道。你们原本计划得很好,但它没成功。当权者不支持你们。我们所在的地方,情况可不一样。你以后就会明白的。

我真心希望他马上走开。

我决定在临走前看望一下雷波。也许还得再看看撒拉。我已经答应阿历克斯了,但问题是,雷波怎样看?我得问一问。

这两个人走了以后,我拽着波耶克,穿过草丛,走到了那群精神病的跟前。他们就在几十米远的地方。

当我走近时,他们的身体开始紧张僵直。突然之间他们挤缩成一团,像一堆破破烂烂的毛毯,只能看见手脚四肢和破布。他们酒气熏天,眼睛、头发、胡子都混到了一起。

想干啥？他们当中的一位呵呵笑道。

被人甩了吧，啊，大人物？我听见那个孔洞发出的声音。成天跩得跟大人物似的，已经习惯了是不是？现在玩儿完了，对不对？今儿个你还打算怎么办呢，嗯？

阿历克斯说得对，事情已经定下来了。这就是柯米尼亚斯公社的结局。波耶克在我腿上摩擦着。我拍拍它的背，让它往前走。可它站着不肯动。让我吃惊的是，那堆破布里又伸出一只手来，还拿着个酒瓶。

别盯着啦，过来暖和一下，你这傻逼货，有人咕哝了一句。我接过酒瓶，走过去坐在他们藏身处的边缘，两条腿悬空晃荡着。波耶克在大口地嚼草，眼珠子瞪着我。这种红酒是我跟撒拉一起买回来的，她挑选的，这似乎是多少年前的事了。嗯，肯定是他们从柯米尼亚斯公社偷拿的。得了，我现在还在乎什么呢？

我想见雷波，想挺身而出唤醒柯米尼亚斯公社。可是我却一头扎进了这座沙坑。我们在一层旧报纸、破布和毛毯条的保护下免于地面寒冷的侵袭。我们近距离呼吸着彼此的气息。

后来有人打开了一罐烈酒。喝下这玩意儿以后我们都不怎么说话了。

推土机在黎明时分抵达泰雷津。

第六章

　　第二天清晨，那些黄色和橙色的机器碾过驯马门附近的瓦砾堆，轰轰隆隆地一路开了过来。黎明的微光中，挖掘机夷平了山羊圈，几台机器捣毁无数房墙和建筑。在推土机和呜哇怪叫的警笛声中，我们的学员从囚铺床上被撵到外面。挖掘机的铲斗穿透公社厨房的外墙，砸烂了犹太隔离区比萨的烤炉。那帮家伙争先恐后从沙坑里爬出去的时候，不知是谁还在我脑袋上踢了一脚。我渐渐醒来。警笛的啸叫仿佛正啮咬着我宿醉方醒的头颅。我还听到了直升机的声音。雷波在哪里？我寻思道，用手揪着稀疏的灌木往外爬。这些灌木遮蔽了我昨晚过夜的这个大坑洞。我从坑顶位置可以看见柯米尼亚斯公社的房子。詹达·丘斯向我走了过来。这家伙年纪比较大，也许昨晚给我递酒瓶的人就是他。凑得再近些也没用。我们看到中心广场那边一窝蜂地冲过来一批穿黑制服的防暴队员。挖掘机跟推土机把砖房通通都给推倒了，拆除队员们穿着橙色背心走来走去。有几辆救护车，还有穿短裤和 T 恤的学员。姑娘们挤作一团，被警察团团围住，再押送到巡逻车上。有两三个人想挣脱逃跑，不过这可是有组织部署的行动，他们要把所有人都一网打尽。甚至包括莉娅大帝！她挥舞着一副巨大的制图圆规，站在高处往他们头顶上猛敲。后来他们发射出抓捕网，再收紧网绳，她就一头栽倒在地上。我在这片区域里搜索着大人物的身影，我说的是雷波。我知道他会奋战到底。我们不会放弃一砖一瓦，不会放弃一张囚铺，这是他说过的话。也许他已经逃跑，藏在房屋建筑之间的某个地方，也许他头上已经挨了一记警棍。个头高也没有用，如果就这样迎头一击——他很可能已经被这帮家伙第一个拖走。不过，我肯定他曾经为自己的民众挺身而出，现在更是这样想！一个扎马尾辫的金发姑娘在防暴队员的身后一闪而过。是撒拉吗？多数人都自觉自愿地走到救护车那边。至少它们还是救护车，我没有见到任何囚车。警察将柯米尼亚斯公社层层包围。他们还带走了弗里德里希婶婶。她穿上睡袍后显得那么臃肿庞大！我忍不住笑了起来。丘斯也爆发出一阵大笑。她的应对方式倒是十分优雅，两只手举过头顶，好像要投降似的。呵呵呵，丘斯乐不可支。我们透过草叶间隙看到柯米尼亚斯的最后一幕。它喜感十足：四面八方都是警察和医生，却只是为了对付几个老太婆。有人把一块毯子甩过来盖住弗里德里希婶婶的后背。我没有看到其他老太太,也许她们已经坐进救护车了。但雷波怎么样了?我到处寻找他,简直望眼欲穿。也没有R国人的半点迹象,不过这并不让我感到吃惊。

一架直升机在中心广场上空再次盘旋一圈,然后消失在空中。行动结束了。那些救护车在警察巡逻车的护送下,慢慢地启程出发,直到广场和街道周围留下的最后声音变成了拆除队的喧闹。他们手里掂着撬棍和铁钩,沿着推土机履带的车辙印记迈步而来。我想好主意后开始往外跑,身体蹲伏着,沿着山麓冲下去。幸亏我昨晚狂饮时体验过昏天黑地的感觉,否则我很可能适应不了现在的状况。我只用了一分钟时间,顺着山路往下冲,沿着山羊踩出的小道,最后到达广场。我小心避开倒塌在地的房檩和巨大的砖堆,躲开那些身穿橙色背心、在昏暗中用手电筒四处乱照的人。两个警察仍在来回巡视。我悄悄地溜到更近一点的地方。柯米尼亚斯公社的门全部敞开着:他们就是从这里把学员们带了出来。雷波,你在里面吗?我扯开嗓门喊道,喂,雷波!四面八方都是机器的轰鸣声。挖掘机的铲头正在敲碎砖壁与房梁,成堆的砖瓦和房顶檩条,那么这就是葬礼进行曲了,我心里想道。多么奇怪的曲调,本镇最后的军乐表演。那些拿铁钩的汉子和警察还不至于做得这么过分。我溜进房屋走廊，脚底下不时绊住什么东西：一只运动鞋，一件毛衣，人们被拖拽出门时遗落在地上的东西。囚铺房里的气味仍然有些潮乎乎的，那是人们睡觉时呼吸气息的留存。盖毯散落在地，到处都是。我溜进房屋隔断后面的电脑间。我已经考虑过一段时间，知道自己想做什么，所以干脆直接动手。

我需要把电脑上所有的指纹都擦拭干净——我不想再回到牢里，我不能。环顾四周，到处都是笔记本、软盘、光碟和各式各样的垃圾。我无法从所有东西上面抹掉自己的印记，我永远也办不到。所以我从桌子底下找出一瓶稀释剂，往背后扔进了走廊。走廊是姑姑婶婶们摆放干净物品的地方。我把所有的稀释剂都翻出来，外加一瓶烈酒。我只从桌上捡出一样东西，把它塞进口袋。那是一小片纸，一个亮闪闪的信封，上面有马拉先生在美国的地址。以前从来没玩过他那个游戏，现在永远也不会玩了。我用指甲抠开稀释剂的瓶盖，把屋里东西都浇了个遍；丢一根火柴，火焰立刻腾空而起。我像白痴一样把自己的头发给燎着了，还烧灼到胳膊——伤口疼得厉害，我的胃都疼得反拧了过来。火焰在墙板上四处蔓延，塑料物件开始融化。我简直无法相信，木头竟然是这样燃烧扭曲的。呼！瓶子炸裂，炽热的玻璃碎片四处飞溅。等我再睁开眼时，一道道薄薄的火焰正在舔舐着囚铺床架,燃烧的木床板发出嘎嘎的迸裂声。我沿路摸索着穿过房间,先是踢到一张桌子,又差点在一块毯子上踩滑倒。到处是烟雾。突然传来了尖细而痛苦的呻吟声,把我吓了一跳。毯子下面有只手伸了出来,然后是一张挂满了眼泪鼻涕的脸,还戴着眼镜。得了吧!我想要尖叫,但实际上我只能发出同样的尖细声音。我从后面推着罗尔夫。他四肢着地往外爬,我又没法绕到他前面去。我后背上感觉到滚滚的热浪,囚铺房梁快要塌了。罗尔夫单腿蹦跳往前走。我从后面给了他一脚,再把他拽出房门,拖进走廊。我们站在那里呼哧呼哧地乱喘,在烟雾里憋得透不过气来。罗尔夫一手扶门,另一只手指向某个地方。但我实在不明白,也听不见他在说什么。

那里面还有人吗?我一边咳嗽一边问道。他眼里充满了恐惧,而我眼眶里都是烟雾熏出的泪水:太晚了。如果里面还有什么人的话,那就太晚了,我们俩都知道这一点。我把他推搡出门,又紧跟在他后面跳将出去。罗尔夫,这个白痴,他跌跌撞撞地朝外面走——他会直接落到他们手心里的,而且这家伙身上只穿了件内衣。他们很快就会逮住他,我肯定。

我挤进残墙断壁的砖石缝隙间,继续盯着柯米尼亚斯公社的大门看。我估计我当时是在等什么。会不会有其他人寻条路出来？我应该先把囚铺房检查一遍。笨蛋警察！他们啥都做不好！我应该检查一遍的！我知道。我后背抵着一块尖利的石头，但我毫不在意。

我听到有人在说话，声音越来越近。这些头戴硬盔帽、套着橙色背心的人穿过废墟，扑灭小股火苗，再把烧剩的物件残骸拽倒。他们还没有走到柯米尼亚斯公社。他们不会发现我的，我对自己说。他们休想。我隐匿在成堆的废墟和燃烧的残骸里。砖石堆上覆盖着灰烬，到处都是车轮印迹。

哈，他们肯定给撒拉注射了镇静剂，她那个暴躁脾气！否则他们永远无法把她带进那辆车，那是肯定的。

灰烬和尘土沾满了我双手，刚才被灼伤的那块皮肉兀自突突地跳起来。没什么大不了。但我还是吐了不少唾沫在伤口上抹了抹，以防万一。突然间一阵恐惧袭上我心头。我把焦皮烂肉的几根手指头伸进衣服口袋，疼得直挤眼。摸索一番过后，好，找到了，它还在那里。我的小"蜘蛛"。

机场储物柜的钥匙也还在。

帽子、大衣、一双漂亮的靴子、保暖长裤、袜子——阿历克斯叽里呱啦地跟我说这些的时候，好像在念一份礼物清单，而我要去"圣诞树"底下找到这些东西。

我们住的地方挺冷,他说道。

你的接应人,目前还没选定,这个人将在布拉格机场等你,在月圆之日,他说道。

他们只有到这个时间才会起飞,他哈哈笑道。

我沿着山羊踩出的小径悄悄溜到灌木丛中的深坑里等待着。夜晚时又有另外两三个人溜达进来。大多数人都兴高采烈地围着火堆。我猜他们喜欢这种变化。有人给我递了点油膏敷手。没多会儿前,他们已经把部队后勤仓库里的东西偷得一干二净,油膏就是从那里来的。臭烘烘的部队味儿,那是肯定的。不过抹上以后伤口就感到清凉了。

有人给了我后背一记猛捶,然后开始抡拳头打我。一个盲人在尖叫咒骂,说我把他兄弟送上了绞刑台。其他人都哄笑起来,把他拉扯到了一边。

这地方每个人都这么说来着,詹达·丘斯说道,别担心,他们只想吆喝折腾一下。就算他干的,那又怎么样?丘斯咆哮着说道,一边放眼四顾。他要搞掉他,也就搞掉了。他是犯人,那是他的工作,不然你还指望他做什么?换了你也会这么干。

这些人咕咕哝哝了一会儿,直到有人又打开了一壶酒。显然他们的酒水供应永不枯竭。这也是从部队弄来的。

他们想到将来还要跟我待在一起，也就没再搭理我了。

我等待着月圆时分的到来。等到月圆的那一天，对，就像马露夏卡的脸庞那样圆。

我在这个山坡洞穴里住得很开心，两只手也开始痊愈。有时候卡梅奈克也到这里头睡觉。

这群傻瓜们从外面带回来消息。哎呀，他们正在四处找你哪！嘿嘿嘿。他们一想到我要仰仗他们，就很是开心。

雷波怎么样了？

他跟那个瑞典小妞掰了，原先还成天跟她厮混在一起呢，洞穴里的某个人说道，老雷波，哎哟！没有人能蒙得住他。我打赌他这会儿正在加勒比忙乎着呢，哈哈。

狗屁，另一个人说道，好几个条子拿警棍抡到他脑袋上，他们抓的第一个人就是他！我看见他被人锁进救护车了。满头是血，还缠着绷带呢！

谁不想要那个瑞典妞儿啊？政府还没来得及一网打尽，老雷波就已经拿钱跑路了！跑得好啊！

哪里的话，他还在这地方，又有人说道。就在囚铺房里面。烧成骨头渣了。他倒是跟人家干了一仗。脑袋上被猛敲一记闷棍才倒下来。等他们转身再找他的时候，他已经成烧烤啦！

罗尔夫怎么样？他在哪里？我问道。

他们不知道。他们也不在乎。

但侦察兵们陆续回来报告说，柯米尼亚斯公社的许多学员都已经被父母领走了。他们曾经从文明世界的四面八方降临本镇。其他学员扛起背包，挥手告别，拿好自己的护照和银行卡，又继续上路了。

你可以在这里再待一阵子，丘斯向我保证道。

雷波怎么办？

我的想法，是在柯米尼亚斯公社的废墟里仔细翻查，以便找到确凿的证据。我会在夜晚埋葬他的残余身躯，如果需要的话。但这不可能。警察们已经设置好路障，还派了一名卫兵放哨站岗。

任何人都不许到废墟里东翻西找。所有人都认识这些精神病，知道他们有翻捡残食的习惯。

月亮渐渐丰满起来。我每天晚上都注视着它。

雷波怎么样了？我又该怎么办？这些问题只能让我满心悲哀，而且确信自己必须要逃走。

有一天晚上，我再次围坐在火堆旁，眼看着他们为了糟心的酒精饮料而争吵打斗。一番折腾过后，我悄悄地离开他们，沿着山羊小径溜下坡去。以前一座座房屋的所在地，现在到处都是机械设备。蒸汽压路机和整平机把残留的房屋残骸碾碎，再拽倒柱基，砸毁墙面，最后全部推铲进一个个深坑。原来的中心广场，现在已被夷为平地，到处都是瓦砾。柯米尼亚斯公社原先矗立的位置，现在空无一物，只有黑暗里停歇的一台台机器。

我一路跑回去，站在空穴洞口的上方，上气不接下气地喘息着。抬头看时：月亮就要圆满成熟了。

我一屁股坐下滑向深坑，滑进我们的洞穴。所有人都一言不发。

他们在烤肉，我能闻到味道。我再抬眼看，呃呜呜，一只磨损的旧项圈被人丢在灰土地面上，而在一堆树枝背后的阴影里，有个亮晃晃的东西：一对尖角——波耶克的脑袋。

不要啊，我说道。

听好了！有人说道，他几乎把整个酒瓶都塞进了我喉咙。伏依提克看见雷波啦！

俄国佬把他抓走啦！瞎子翻着鼓突突的眼白说道。其他的人放声狂笑。

瞎子使劲儿跺脚，他发怒了。

我不想再啰唆。当我像大人物似的东游西逛时，他们已经动手杀吃这些山羊了。我还能待在这儿的原因，是因为他们允许我留下来。所以我什么也没说。

雷波被俄国佬抓走啦！瞎子又在吆喝道。他不肯投降，他要坚守阵地，所以他们把他带到了莫斯科，就像一九六八年带走杜布切克那样，操他妈呀！瞎子一边说着，一边胡乱挥舞着胳膊。

哈哈哈，伏依提克到哪儿都能看见俄国佬，他疯了！

俄国佬的气味我一闻就知道，从来没搞错过！

俄国佬是他瞎眼前看到的最后一批人，所以他走到哪里都能闻到他们的气味儿，哈哈哈！

这句话突然惹恼了我。伏依提克以前是爆破专家，当然，我估计他手艺肯定很渣。苏联人一九六八年入侵捷克后，他为了制作"同志加兄弟"庆祝焰火，结果被一只烟花火箭炸伤了眼睛。那一年苏联人接管了泰雷津。

瞎子还在狂吼，喋喋不休胡说八道。我跟其他人一道上去揪住他，怎样也不松手。我脸上挨了几巴掌。这样至少能让波耶克脑袋的模样在我脑海里模糊一会儿。

他们骑在他身上，摁牢了不放，有人把一瓶酒塞到他嘴边。

我从深坑里爬出来。丘斯跟着我出来了。他知道我要走，觉得挺高兴。他不想再看到更多的纷争。

给你。丘斯递给我一样东西，外面裹着油乎乎的一层。

路上吃的肉，他说道。还有瓶红酒。

保重。

保重。

我刚往前迈出一步，就不由自主地把手指探入口袋摸索了一番。我的手差不多快好了。钥匙和"蜘蛛"，我的两样宝贝，它们都还在。我小步跑过碎石滩，偶尔会踩到蓟草和荨麻丛，脚底打滑。我了解周围的一草一木。我走过驯马门，走出小镇，走到大道上，藏进路边的沟渠。周围连个鬼都没有。我继续往前走。

一辆警车停在公路里程标志桩的旁边。

我蜷缩在它的正下方，隐匿在荨麻丛里。

我纹丝不动，小心翼翼地不让酒瓶磕碰出半点儿响声。听到车门呼的一声关上，收音机咔咔哇哇地响着，警察出来了，往沟渠里撒尿。酒、尿液，还有夜晚的气味。我没有动弹。他们走了。

车流越来越稀疏寥落。我从沟渠里爬回到路上。清晨的太阳。我看见了光亮。布拉格。

已经是破晓时分。

我从衣服口袋里摸出写有马拉先生地址的纸片。以防万一。说不准能够派上用场,所以我默记了下来。

你们国家到底在哪里?我记得我问过阿历克斯。

在波兰和俄罗斯之间。

我刚刚往前迈出一步,"欢迎来到布拉格,祝您生活美满。"一个带城市徽标的有声路标咕噜咕噜地说道。我抄起酒瓶砸了过去,几块碎片迸裂到路面上,冉冉升起的太阳斜照在它们闪闪发亮的表面,好像照在我爸那些奖章上面似的。那是很久以前的事了。

第七章

轰隆隆的声响。我睁开双眼却没有完全清醒。号角的喧嚣声,还有嘭嘭通通的鼓声。这是军队在游行吗?五一劳动节?二战胜利日?阅兵仪式?我跳下床。我想离开这个梦境。我的身体哆嗦了一下。不管用!我听到窗外一阵喧嚣声……打开窗,哎呀,一群群队伍在楼下街道上列队行进。军乐声、锃亮的长号、鼓乐队,也许是整整一个排的人。他们肩膀上斜挎着鼓带,完全符合装束要求。紧跟在军乐队旁边的是步兵队伍,他们身穿野战服,刺刀闪着寒光。我头靠着墙,呼气吸气,呼气吸气。外面空气很是清新。我坐回到床上。窗户、桌子、酒店房间——我以前住过这种地方。

现在我想起来了。布拉格,我终于到这里了。先拦下一辆出租车,撒拉教过我怎样做,然后到了机场。

事情怎么会这样?

被荆棘划得遍体鳞伤的乡下小伙儿,破布裹缠着的疼痛手掌。这里没有人会在乎。机场很大,整个大厅都是玻璃做的，光线极为充足。

储物柜呢，行李呢？看那边，有人在招手。

我往前走，伸手使劲捏了捏阿历克斯塞进我口袋的钥匙。还有"蜘蛛"。

哇噢，穿制服的。我吓了一跳，心里害怕起来。一分钟前我还在猫着腰避开整队的警察呢。

棕色偏红的头发，圆圆的大眼睛。是她。

马露夏卡握住我一只手，微笑。我感觉我们似乎心意相连。

她从我手里接过钥匙，打开储物柜。长裤、短上衣、靴子，还有其他东西，跟阿历克斯先前答应的一样。我提着满满一塑料兜东西穿过机场大厅。她走在我后面。去洗手间。

进去把衣服换了！

要有人进来怎么办？

他们不会进来的。

我把自己清洗了一番。烟熏臭味，两只手都划破了，痛得很。

包里还有一件T恤，西服衬衫，所有那些东西。

她跟在我后面走。突然间我有些把持不住了，她的芳香，她气息里的甜美味道。我刚从坑洞里，从火堆里，从沟渠里长途跋涉而来。现在该做什么？我将何去何从？我先前几乎哪里都没去过。

她托起我的双手，仔细端详着，又伸手从肩头的斜挎包里取东西。

她给我清洗手掌。以前从来没有人这样待我。她把油膏轻轻地敷匀在我双手、胳膊，还有火燎过的地方，然后用一条整洁、干燥的绷带把这几处包扎好。

她卷起我的衣袖，给我注射了一针。针头扎入胳膊时，我的双膝直打哆嗦。

她把一副手铐扣在我手腕上。

一切都交给我来办，她说道。她领着我往走廊外走。

我们经过那几个检查站，我就像一个孤魂野鬼。她备齐了所有的证件资料。我想我全程都是在飞机上睡觉。

我对这家酒店的印象很模糊。我们沿着几道走廊往前走。然后坐电梯。不用再戴手铐了。

现在我孤身一人。这是在哪里？阿历克斯去什么地方了？

我向周围望了望，用缠满绷带的双手去触摸结实的墙壁。地毯上有好几个地方被烟头烧焦了。一道道皱褶，好像有人在上面拖拽过什么东西。

浴室里面：真脏，排水口有头发，化学物质的难闻气味。几件工具，镊子、电线，丢在地板上，在浴缸旁边的一把椅子上。浴帘上一道道棕黄色印渍。我并不在乎。

不过，以前我和撒拉住一起时，房间里的气味总是很清爽。

嗨，谁在乎。或许有人在这地方办什么事情呢。

我走到窗边，这时轰隆隆的声音再次盖过音乐声。声音越来越近。

我忽然心动。

我已经逃出那个要塞城镇，从废墟和烈火中逃离了出来。

他们再也抓不到我了，就这样，事情过去了。

很好。

轰隆隆的声音越来越近，所有的东西都在颤抖。

我再次偷偷向外看。我这辈子从没见过如此宽阔的街道，没见过这样的行进方阵，士兵们整齐地摆动着双腿。

现在我明白了，这是坦克游行的队列。步兵后面就是坦克车。泰雷津举办的游行是见不到坦克的，因为这样会把铺路的鹅卵石震松，而我爹从来没带我去布拉格参加过阅兵游行。我坐回到床上，心里思忖道：雷波怎么样了？姑姑婶婶们怎么样了？那些学员们怎么样了？

我所有的同伴们怎么样了?

装甲车的噪音从敞开的窗口传了进来,还有外面的风。两片雪花飘落在我脸上。马露夏卡走了进来。

穿上衣服,她说道。天很冷!

我们在哪里?

明斯克。

我们去酒店的地下餐厅吃饭。马露夏卡刚刚睡醒,脸上的气色很好。红色的长发垂落在肩头。鱼、香肠、鸡蛋、面包。人们在摆放食物的餐台边排成一队。但马露夏卡不用等,她想拿多少就可以拿多少。肯定是穿了这身制服的原因。

屋里没有窗户。只有几个枝形吊灯。屋角里有电视机。我们旁边桌上坐着几个五大三粗的家伙,他们在大声聊天,其中有两个人穿着聚酯面料的白色衬衣,露着文身图案。他们喝的是啤酒和香槟,说的是俄语,或是听起来像俄语的语言。这地方没有貌似游客的人,看不到泰雷津那样一家人聚餐的情景。另一张桌子旁边坐着几位年轻姑娘,高筒皮靴、短裤、短罩衫,皮质背心下面是袒露的乳房,化过妆,戴着珠宝首饰。她们看着也不像游客,很可能在这里工作。她们在胡吃海塞。

你吃鱼子酱吗?马露夏卡问道。

我点点头。我什么都吃。

你想不想吃包面饺子，或土豆烙饼？

哪个更好吃？

土豆烙饼是 R 国食品，包面饺子是俄式的。

两样东西吃起来都很棒，而且分量足够。我开始放松下来。

喂，马露夏卡！你在布拉格那会儿给我打的那一针是什么？啊，谢谢你哈。我伸出缠满绷带的双手。

让你镇定下来的东西。

她从小挎包里拎出一个布袋，放在身边椅子上。从里面摇出一粒蓝色药丸递给我。

这是什么？

让你提神的东西。

她自己也吃了一粒。

这是军装吗？我检查了一下布料。摸了摸她袖子。

不是。她摇摇头。

你是警察？

我当然想当警察或者参军。可那帮狗杂种不肯要我。这是旅游局的衣服。我在布拉格学习旅游业。这就是我会捷克语的原因。

有意思！

你还吃吗？

还吃。

快点吃,我们得走了。

去哪里?

到了就知道了。

阿历克斯在那儿吗?

到时候就知道了。

她站起来,把椅子推到身后。拎起小挎包,甩搭到肩膀上。我跟在她后面,偷偷瞟了一眼邻桌的姑娘。她们已经消失无踪,全都走了。她的小挎包边角上有一个红十字。啊哈,护士。阿历克斯是医生,对,这就吻合了。

我们出门走到酒店门前的宽阔大街上。士兵们已经离开。人行道覆盖着一层薄薄的雪。

我并不是因为寒冷而发抖,是风的缘故。冷风斜吹,透进衣服里面的时候,实在冰冷。马露夏卡在制服外面套了件大衣,绿颜色,配有肩章。高筒皮靴,跟我的一样。她的红头发塞在一顶贝雷帽下面。我很感谢阿历克斯。我的意思是,因为有她在身边,另外还因为阿历克斯给了我这身衣服。我怀疑这些衣服究竟是不是他的。我俩的身材尺码相同。

没错,毛衣、短上衣,都非常地好。

我的田径运动服、梳子,还有姑姑婶婶们给的那些东西——全都一把火烧光了。另一样东西我留在了机场的卫生间。

我自己从来都不留太多东西。即使到现在我也只有一件,"蜘蛛",它安安稳稳地装在我裤兜里。我们继续往前走,我感到身体暖和起来了。

这是英雄大道,马露夏卡随手一挥说道。我的目光沿着大道往前看,简直望不到尽头。

这条街的墙面上挂满了军人的巨型彩色肖像。它们尺幅庞大,清一色的平顶帽、勋章和肩章,这些作品。我数了数,个个都超过六层楼的高度。我爹估计会喜欢这个。可我却忍不住想笑。

我们那个破破烂烂的小镇,所有的居民,包括我们的猫、狗和山羊,都可以轻轻松松地装进任何一栋楼。我们整个的私占地,快乐工坊,加上其他一切。

街面上裹着一层鞋底践踏后留下的污泥,和白雪混杂到一起。坦克车把烂泥搅成了稀糊糊。这时远处有音乐声响起,透过一簇簇坠落的雪花,传入我们耳朵里。

我们去拜访马克·伊萨科耶维奇·卡根,马露夏卡说道。

随便,我心里想。我根本不在乎。我喜欢跟她一起昂首阔步地行走在这陌生的大都市里。

马露夏卡?

嗨，嗯?

我真觉得不可思议。

再来一片？她往小挎包里掏了掏。我们两人各自吞下一片。

路挺远的，马露夏卡说道。

我们这是要去哪里？

博物馆。

好哇！我快等不及了！

别乱嚷嚷。

对不住。

我很高兴她能在前面领路。不像在机场时那样，我戴起手铐沿着一条条走廊往前走。现在她只是在前面引路，胯骨左扭右摆，体态平稳，我走在她身边。太奇妙了，真的。我脚底一滑，差点儿仰面摔倒。

人行道路面上有一两坨冰。但除了这个，还有东一堆、西一堆的雪泥。所有街道都干净得像面镜子。不像布拉格，更甭提泰雷津镇了。

我们拐弯离开英雄大道。马露夏卡说了说那条街的名字，我听到以后脑子里立刻忘得一干二净。同样的街道、人行道，同样宏伟的建筑，上面飘扬着一两面红旗。我在一栋楼前停下，它让我想起了泰雷津的旗帜。我最近一次看到类似的东西，还是坐牢前的事了。

街上并没有成群结队的人在遛弯。跟周围规模庞大的建筑相比，人们显得非常渺小。我记得布拉格街道拐弯岔道的模样。可你在这里却能够径直看到远处，数清楚每个人。我们走过另一座气势撼人的公共建筑大楼。它的门脸是淡黄色的。抬头往高处看，它的顶部已经消失在飘飞在上空的雪花里。

马露夏卡，等等。

我歪了歪脑袋，往上方看。我从来没见过这样的东西。

你喜欢它？马露夏卡说道。她也停下脚步。

喜欢！

你应该去看看共产主义街的电视楼，或者地面部队大楼。那才值得一看！

这是什么楼？我说，后脑勺已经冻麻了。

这个？这是党中央委员会大厦。不过克格勃大厦跟它一样大。

一大群人站在街角。这些人身上穿着跟我相同的带帽夹克衫，有些人还戴着滑稽的耳罩或大皮帽。我可不想戴这玩意儿。人群开始移动，向街道两旁扩散开来。马露夏卡停下了脚步。

我们听到一阵尖叫,听到爆竹炸响的声音。我们站在冰冷的人行道旁。不只是我们,还有其他几位也停下脚步,跟我们一起来看这群人。有几位表情煞是紧张。有个系花围巾的年长女士,两只手里都提着包,站在马露夏卡面前,把包放下,向她敬礼,然后哇啦哇啦地说了一通。马露夏卡点点头,朝着那群人的方面指了指,这女人重新拾起包,匆匆地走了。

她想干什么?

她问她能不能通过。

她以为你是警察,对吧?

这时我听到从扩音器里传来的声音。它告诉我们抓紧时间清理出场,我也只能听懂这点儿意思。

他们朝我们跑过来,也许是穿过人群跑过来的,我不清楚。这些人手持盾牌和警棍冲向我们。其中有个人从刚才跟马露夏卡说话的那位女人身边经过,一挥胳膊,她就呼然倒地,摔倒在结冰地面上,手里拎着的几只皮包扔得七零八落。

这些人跑到街道中央停下,倚靠在自己的盾牌上。我向后扫了一眼,看见几个手持长木棒的年轻小伙。两三个人从远处跑过来。有人投掷出一只金属罐,它砸到一面盾牌上,这些警察随即被升起的烟雾吞没。

马露夏卡抓住我胳膊肘。

来吧,我们从这里出去。他们会让开路,他们会放我们过去。

拐过街角就安静了下来。我们转入一条冗长的街道,在那些巨大的门楣下方迈步行走。我寻思着附近有没有小酒馆,可以让我们进去说说话。

刚才那是游行抗议,马露夏卡说道,现在我们成天都遇到这种事。别担心。

我不担心!你知道附近有没有小酒馆?

我们在执行任务呢。

对噢!卡根这个人,他到底是谁啊?我问道。这名字已经印在我脑子里了。

他也是从部里来的。他会按照外国专家的身份来接待你。

专什么家?

复原葬坑遗址的专家。

没问题,我说道,那你跟这家伙很熟喽,这个卡根?

是的,非常熟。

第八章

　　我们迈步行走在笔直伸展向前、似乎永无尽头的街道上。有些人坐在汽车里，呼地一下开过，有些人则没有坐车。在我看来，他们最后都融为一体。现在是什么时候？我们早饭吃过了，午饭怎么办？我不知道，也不打算问。我不知道我们在哪里，我并不在乎。

　　马露夏卡的挎包撞击着我的髋骨，这说明我们挨得很近。她脑袋就在我肩膀旁边。几缕头发从她的贝雷帽里滑落出来，我希望自己能够伸手触碰它。

　　我们向前走着，不停歇地走着。除了故乡的要塞城镇，除了看过几眼布拉格，我对世界上任何城市都不了解。可我到了这地方为什么还感到那么不自在呢？这些高楼建筑都令人称奇。平直、绵延、坚固的围墙。现在我知道是什么让我心烦意乱了。人们能从四面八方看到我，我就像站在中心广场。没错，然而泰雷津的城墙还有门洞通道，城墙之下还有一片片墓窖群，在布拉格只要稍微拐个弯就可以溜进一条蜿蜒的小巷。

我在这里却完全处于众目睽睽之下。我能躲藏到哪里？

这些大楼平常都锁着门吗？我问道。

要根据看门人的情况。俄语里的*值班人员*①。

这座城市开始让我感到心神不宁。

嗨，马露夏卡，这边的房屋街道全都是直角设计，到底怎么回事？

都是重建的。你在布格拉看到的那些东西，啊呸，啥都算不上。遭到轰炸被毁掉的房子只不过两三栋。这地方可不一样，纳粹没来得及用飞机炸掉或用炮弹轰成碎片的，苏联人全都给毁了。二战后我们只能重建。以前人们像老鼠笼子那样窝憋在一起的阴暗小巷，从此再也不会了，再不会了：只有漂亮宽阔的大道。这样阳光可以照耀到每个角落。说一句不好意思的，布拉格实在又脏又臭。

才不是！这地方好诡异。

这是太阳之城。这是战后的规划，为了未来人民的幸福。他们在许多地方都建造起这样的城市。在所有被焚毁的城镇旧址上。不过，它们并不适合所有人。

为什么不适合？

---

① 原文为俄语。

每座太阳之城的郊区都有一处固定的葬坑遗址。

我真不知道还有这个。

你应该知道。这是你来这里的原因。

是吗？

妈蛋！没出租车了。我们得走地下通道，怎么样？

你说什么就是什么吧，马露夏卡！你最清楚情况。

我们站在路边等待过街。商店窗户里透出微弱的光亮。天色昏暗，就像酒店的地下餐厅。头顶的阴云依然厚重，随时都有可能降下雪花。

车流断开了一道缺口。我们跑步过街，然后沿着几级台阶走入地下通道。通道地面上到处摆满了鲜花，有盆花、花环，还有燃烧的蜡烛。马露夏卡带领我走过人群。如果有人看见她身穿制服也不肯让道，就只好互相挤、擦着肩膀过去。

从水泥地面透过来一阵寒意。有人在弹吉他。两个人在借火点蜡烛。在他们身后，地下通道敞开着它黑暗的喉咙。寒气就是从那里而来。一阵穿堂风吹过，蜡烛的火苗摇摇摆摆。

马露夏卡，快看！

一只大老鼠从阴影里穿梭而过。我现在能听清楚这群人在低声喃喃地念叨些什么了。有人在念名字，都是女人的名字。我们周围的人在画十字，弯腰鞠躬。

我估计我们在这个地下通道里同样走不出多远。

她抓紧我的手，拽着我连推带搡地穿过人群。

我们在一口棺材前面停下脚步。人们就是在向它鞠躬。棺材被一汪汪红色和黄色的蜡油圈在中间，里面躺着一位姑娘。身穿白色长裙。不，是银色的。一位公主。长头发，发带上镶满了珍珠和闪亮的宝石。她模样很好看。我在棺材前面低下头来，端详她的脸庞。这是一个人形模特，假人。马露夏卡这时仍然还抓着我的手。我们从棺材旁边慢慢绕过去。现在我们走到了通道的另一头。

那是个新娘，你刚才看到的是新娘，马露夏卡低声对我说。

通道这一头也有蜡烛在摇曳燃烧。

在这个地方死掉的姑娘都被人叫作新娘，马露夏卡说道。现在她说话的声音恢复正常了。她们一共有五十三个人。

打仗时候的事，对吗？

不是。一九九九年。

什么？

那年有一场音乐会，阵容相当壮观：芒果芒果乐队，我很喜欢他们，马露夏卡说道。她指了指通道墙壁。石灰墙面上有许多挠痕。在蜡烛微光里就能看见。

到处都是指甲抓挠留下的印子，马露夏卡说道。她们被人群挤压到墙边和栏杆上，就在这通道底下。她抬手指了指，那地方有一道栅栏。她们被挤到窒息，然后被踩踏而死。她们身上到处都是高跟鞋踩出的伤口。这些姑娘来听音乐会，当然要穿最好的衣裳。那年头她们的鞋后跟可真高啊。细高跟，大家都说像短剑似的。恶心玩意儿。我从来没穿过。我也参加了那场音乐会。

你也在那里，啊？

地下通道漫长漆黑。我很高兴听马露夏卡把当年的往事告诉我，可是我想离开这地方。

是的，我也来了，但我遇见了几个熟人！纯属巧合。他们不知道从哪里偷来了一小桶啤酒。所以我就跟他们跑了。我真幸运！那天突然有一阵暴风雨袭来。人们听完音乐会就跑到这个地下通道躲雨。一大群人挤到一起，里头的人已经被挤得紧贴着栏杆，可还有人继续往里推。他们不知道这头的栅栏门已经合闸。有两三名国民卫队成员也被踩踏致死。

怎么会发生这种事？

它就这么发生了。这表明它的确是场意外。不知道是哪几个白痴忘记打开栅栏门了！当年政府没打算用这种大屠杀的方式来驱散青年，你懂吧？

我不明白。她眼睛瞪着我，我就点了点头。地上有几道黑色身影一闪而过。我在想马露夏卡到底怕不怕老鼠。很可能她不怕。

你知道培养一名国民卫队成员要花多大代价吗？

我挥了挥手，仿佛在说：这还不显而易见吗。

他们说当时这里血流遍地，一直淹到了脚踝，马露夏卡说道。她也挥了挥手。血渗透到地下，进入地底奔涌的河流里，涅米哈。明斯克就是临近这条河流而建成的。

呃，啊呀！

涅米哈的血色堤岸①，就像《伊戈尔远征记》②里的描述。听说过它吗？

我深吸一口气，准备老老实实回答她。可就在这个时候，我们正巧已经走出地下通道，一阵暴雪迎面袭来，狂风卷迭起成堆的积雪扬到半空。我在白茫茫的景象里摸索向前，一块红色路牌从我身边飞过，又砸在人

---

① 指1067年基辅罗斯人击溃波洛茨克大公符塞斯拉夫的涅米哈河（又称涅米加河）战役。涅米哈河曾经是流经明斯克的第二大河，后来经过改造，河道被纳入地下涵洞系统。目前市内同名街道和车站。

② 俄罗斯古代文学史上最重要的作品，以古代东斯拉夫语撰写，采取了抒情诗与史诗的混合体裁，成书时间为1185年至1187年，内容主要描述12世纪俄罗斯王公伊戈尔远征失败的过程。

行道上。我站稳脚步,嘴里呸呸呸地往外吐雪碴子。

你在哪里呢?我大声吼道。

机器的嗡鸣完全盖过了呼啸的风声。白雾里浮现出几台卡车,它们停在路边,几个裹得严严实实的人从车里跳将出来,是士兵。

他妈的,这帮家伙一时半会儿都闲不住,我小声地咒骂道。马露夏卡知道该做什么该去哪里,她再次拽着我的手往前走。风裹着雪花,从四面八方抽打在我们身上。我们沿着墙边,走到另一条街道,再走到另一条,这地方又出现了好几辆卡车。我听到狂风里隐约的命令声,还有一队人沿着街道跑步过来时靴子踩地的声音。我们猫腰躲进了街边的一条过道。我听到了什么——这可能吗?——马露夏卡她居然在笑。我们倚靠在过道的墙壁上。

你刚才想去小酒馆的,对不对?她说道。

对啊。可是卡根怎么办?

卡根可以等着。反正我们现在也没法从这里出去了。她用手捂着嘴笑道。

你笑什么?

笑你。

怎么了?

你是我们的专家,可是你连怎么走路都不知道!

等着瞧吧,再过一会儿她就会发现,我连小酒馆的门都还没进过呢。

她抬手指了指墙上。啊哈,一个门铃。

我走过去准备摁它。

稍等一小会儿,她说道。她从小挎包里翻出一只小布袋,在里面摸了摸,我俩各自吞下几片药丸。也许这地方的人就好这一口。

她踮起脚,摁响门铃,手指头一直没松开。马露夏卡的手指不像阿历克斯的那样又细又长,也没有那种神经质的动作:她可爱的小手指相当普通,指甲剪得干干净净,也没有抹指甲油。她摁住门铃不放,直到有人来开门。

我们沿着一条走廊往里走,这地方挺安静。另一扇门打开了,我看见了一段台阶。光亮、温暖、音乐、聊天的声音、电视机里传来的吵闹声音。我们沿着台阶往下走,把冷风、冰雪和白雾都抛在身后。

我认出了粉色霓虹灯招牌上的字:"温馨庭院"。我们是在酒吧里面了。

喝茶吗?马露夏卡说道,还是想要点别的?

我看见一群人背对着我,他们全挤在角落旁的电视机跟前。电视机音量开得很大,里面有个穿制服的男子,脸色苍白,留着小胡子,正在发表讲话。他的嘴巴开开合合，眼睛却毫无神采——就像刚才那具棺材里的人形模特，那位新娘一样。我哈哈大笑起来。马露夏卡用胳膊肘捣了捣我的肋骨。我前面有位高个子家伙，也穿着制服，外面罩了件皮夹克——你知道是哪种类型的——他转过身来，皱起眉头看了看我。别笑了，马露夏卡贴在我耳旁说道，那是我们总统。

一阵惊恐愤怒的波涛席卷了电视机前的这群人，这我能感觉得到。

哇噢！他刚刚宣布戒严了，马露夏卡说道。

真的吗？是什么意思。我装作很感兴趣的样子，心想我那杯茶估计要等半天才能喝到了。

这时所有人都在说话，于是就有人把电视音量拧到最大。幸亏我还比较熟悉俄语，因为他说的就是俄语，我能听明白："德国人的秩序在几百年发展形成，它在希特勒的统治下达到巅峰，"电视里那个脸色苍白的家伙咆哮道，"不能说什么东西只要一跟希特勒沾边就是坏的。可是大家今天正在用这种方式看待R国总统制政府。"突然有个大块头从电视机前的一堆人里蹿出来，他怒气冲冲地把电视机砸倒在地，然后连踢带踹。屋子里一阵嗡嗡的低语声，有人在尖叫，有人笑了起来，有人开始鼓掌。

有位小个子从房间这头跑到另一头，噌地纵身跳上吧台，手里举着一张纸。安静！有人喊道。他要念东西了。马露夏卡扯了扯我袖口，朝着门口方向摆了摆下巴。什么？你想走？从这个乱糟糟的地方跑出去？

我们走，来吧，她对我耳语道，我们在执行任务，不能待在这里。他们会过来的，你瞧着吧。

对，可外面也都是他们的人呀。满大街都是他们的人。

走这边。她下巴朝着厕所方向摆了摆。这时酒吧里静得出奇，她不想说话。只听到吧台上那家伙手里纸张翻动的窸窣声。他脑袋往后稍微仰了仰，举起双手，然后呼喊道：

杀死总统！
干掉这杂碎！①

雷鸣般的喝彩声——显然这是他们最喜爱的诗篇——我听到一个女人的尖利声音。穿皮夹克的肌肉男和另外一个人冲向吧台，试图抓住念诗的男人。可是那些还想继续听下去的形成了一道人墙，拦住了他们的

---

① 摘自诗歌《杀死总统》，原作者是斯拉霍米尔·阿达莫维奇。——原注

去路。

小个子毫不理会，他继续念道：

杀死总统！
用斧头砍死他，枪毙他
割掉他遭天杀的脑袋
干掉这狗娘养的！

这家伙站在吧台上又喊又叫，把手里的诗稿扔向群众。人们鼓掌欢呼，有人还吹响了口哨。我看见那穿皮夹克的家伙已经掏出手枪，于是赶紧跟着马露夏卡往一边跑。她钻进了女厕所，我不方便进去，但是我们不能再回到街上，那里到处都是载满士兵的卡车。我冲进厕所，用后背抵住门。她爬到暖气片上面，衣服受潮了，有点儿碍事。不过现在她已经从窗口蠕动着身体钻了出去，又抬脚踢飞窗户插销。这姑娘真懂得怎样脱身！我从窗口跳进小院，四肢着地，潜行在垃圾箱中间。风已经停歇，外面静悄悄的，不再有冰雪刮进我嘴巴里硌得我牙疼。快看，又是一只大老鼠。我只看见它牙齿的反光，然后是尾巴。它后半截身子布满了癞疮，到处疤疤点点。突然"噔"的一声！我们听见酒吧那边传来一声枪响。我向四面看了看，想找个出口。这地方不能再待了。不过，至少我们现在还互相挨着。在这个院落里蹲低身子紧紧地挤贴在一起。哇噢，马露夏卡真在发抖呢。你要是被逮走那就太可怕了，她在我耳边轻柔地说道，我可不能把你给弄丢了。这句话真正打动了我。我跟她的身体贴得更紧了些。阿历克斯会一脚踹死我的，她说道，如果头一回执行任务就闹成这副操性的话。一道身影从亮着灯的卫生间窗口里钻了出来，我们俩分别向两边挪开。并不是只有我们想从酒吧里出来，更何况刚才还有人开了一枪。我不知道那个大块头有没有把诗人干掉，或者是别的什么情况。凭我这满嘴的外国口音，我也没打算问。一个留络腮胡的男子从窗口跳到院子地面上，他穿着靴子，身上是绗缝的长大衣。有什么东西挡住了亮光，一个大块头女人正从窗口往外爬，里面肯定还有人在推她。先跳下来的那位伸手去接，她落进我旁边的雪堆里。是的，她块头真够大的，头发裹在一方围巾里。邬拉。可我这时候并不知道她是谁。

我扶她站了起来。她是从别处来的，我从她眼神里就能看出来：担心害怕的眼神。我并没有遇到多少 R 国人，但这里的人一个个都像是鹰隼，总是时刻保持着警觉。怎么说呢，她当时在院子里可能是被吓傻了，而我后来才发现自己看错了她。

又有几个人跳了下来。他们压低声音在交谈。再后来有一个人，可能是刚才从窗口把邬拉推出来的某个大块头，他在垃圾桶后面的阴影处发现了一道金属门。他使劲儿踢开了它。我们一步一挪地爬到外面大街上。所有人都一言不发。马露夏卡和我离开了。我不知道邬拉是怎么出去的。

我们沿着一条空寂的街道往前走。没有汽车，没有行人，什么都没有。这么说，我们刚才也没啥机会能暖和过来，对吧？我说道，伸出一只胳膊搂紧马露夏卡。我告诉她说，我可以肯定，如果实行戒严，形势会更安全。我俩看起来再正常不过。只是两个普通人，也许正匆忙回家照顾生病的孩子。马露夏卡没有推开我环绕在她肩头的胳膊。我们往前走。我觉得真走运。

第九章

阴鸷、锐利的双眼，尖下巴，这看门人是个让人恶心的老婆娘。她不让我们进馆。有这身制服还不行吗？马露夏卡的身份证件行不行？用俄语咆哮着命令她开门？用 R 国语祈求？哪样都不管用。她就像一堵石墙。

最后马露夏卡拿出几张钞票在她眼前晃了晃，那老婆娘才打开博物馆的沉重木门。真是万幸。我们必须要进来。倒不只是为了见卡根。

有几座帐篷在燃烧。成百上千的抗议者被警察包围了起来。我们在最后一刻才挤出尖叫呼喊的人群。抗议者被警棍击倒在地，警察把他们塞进警车，人们东逃西窜。我紧贴着马露夏卡的后背，把她使劲往前推，从后方保护着她，好让她拨开前面的道路，把挡道的人踢到旁边。这样我们才从刚刚一窝蜂跑回帐篷的人群里费劲挤出来，而那些帐篷就是这一轮疯狂运动的震源中心。随后我俩开始一溜小跑，跑到博物馆这边才停下来。那边的喊叫和引擎声仍然还能够听得到。最后那老婆娘终于收下钱，给我们打开了大门。

里面很暖和。可这老婆娘就是不让我们继续往里走。马露夏卡跟她说了几句话，是俄语还是 R 国语，我听不出来。我在入口大厅里举目四望：伟大卫国战争博物馆。墙上到处都是发黄的地图，记录着历次大捷，还有多年前死去的老兵们的黑白照，华丽的勋章。一面又一面国旗和战旗，由于岁月悠久，已经都被蠹蛾给咬穿了。

马露夏卡，我说道，我这就像回老家似的。这真的让我想起了泰雷津。这些展示橱窗，还有所有的东西，真有些像泰雷津纪念馆呢。

看门人正对着马露夏卡乱吼乱吠，然后又用手指着我。她想勒索更多钞票，因为我是个外国人①。外国人要买票！她死缠住我们不放。马露夏卡试图向她解释说，我是西方专家，是替部委工作的。各大部委都关门了，老婆娘厉声说道，又来拉扯我的衣袖。我在看门人屁股上轻轻拍了一巴掌，想让她安静下来。这是雷波以前常用的招数，用来对付我那些老姑老婶们。因为只要有人把鞋底烂泥带进她们的厨房还踩得到处都是，她们就会气得连跳带骂。随即我就挨了一记重拳，眼冒金

---

① 原文为俄语。

星。我仰面跌倒在地,看见她正准备用脚踢我。

马露夏卡对她出手了。我看见银光一闪,她把针头扎进这位女士的前臂。

看门人扑通倒地。马露夏卡拎着她两条腿,把她拖到黑暗处。我应该给她搭把手,可我只能坐在刚才摔倒的地方,屁股下面是冰冷的大理石地板。血从我的鼻尖滴落下来。噢唷,这老婆娘对我下手真重。我把头向后仰,正好坐在一张巨幅黑白照片前面。一帮家伙从卡车往下扔孩子,地上是一大堆尸体。

法西斯对孤儿院进行屠杀,照片图示写道。

马露夏卡蹲在我旁边,呼吸急促。她掏出一块手绢,擦掉我脸上的血。朝着我目光的方向看。

是的,他们变成孤儿,是因为他们父母都给杀害了。谁还敢照顾他们?纳粹把孩子们带到一些特殊集中营,孩子们在那里死得很快。这张照片里发生的就是这样的事。《阿扎里奇》或 Chervony berag——"血色堤岸"的意思。你可能需要记住它。如果其他什么都记不住的话。

太可怕了。

你们国家没这种事吗,啊?闻所未闻吗,你们?可是你应该见过呀,你都是专家了。你是西方专家,对不对?

她把手绢递给我。我用它摁住鼻子。马露夏卡要给我讲课了。这真像撒拉。

你知道纳粹在捷克斯洛伐克杀掉了多少人吗?

不知道,我一时半会儿想不起来,不过我们用谷歌很容易查到。

三十六万两千四百五十八人!你知道R国这边被杀了多少吗?

差不多一样?

她一只手握紧拳头,摇了摇脑袋,眼珠在转动,真的发怒了。她气得直跺脚!她看上去就像是发怒的老师,在班里责骂某个孩子。

我把沾满血渍的手绢递还给她。她塞进衣服口袋。我的鼻子不再流血了。可是鼻腔里面的血痂粘成了一团。

他们在这里杀害了四百万人。这是写在《吉尼斯世界纪录大全》里的!你知道当时在捷克斯洛伐克有多少人,在R国有多少人吗?

不知道。

同样多。一千万人。可是你们在西方,你们连一点风声都听不到。泰雷津算什么!

她为什么要这样生气呢?我猜是刚才那位看门人惹恼她了吧。

129

世界上没有哪个地方的集中营能超过我们国家！马露夏卡高声叫嚷道。

马露夏卡！

他们说死亡集中营全都在波兰。狗屁！所有的旅游机构都只带人去奥斯威辛！可是事情就要发生变化了。

马露夏卡？

"蜘蛛"被我坐在身子底下，硌得我屁股生疼。可我不想在她还蹲着的时候站起来。我应该把它藏到靴子里头。找个安全点的地方。以后再说吧。

她盯着我，却完全无视我的存在。她的目光穿透了我的整个身体。

我在她眼前来来回回地摆手。

马露夏卡，喂！

怎么了！

这个看门人我们该怎么办？

她睡着了，马露夏卡说道，至少我希望如此。

她站起来，掸了掸裙子，其实大理石地板上一粒灰尘都没有。我们走，她说道。我跟随在她后面。

我们走过摆满陈列柜的巨大展厅，两边墙上挂着各式武器。二战期间和战前制造的古老物件，甚至还有一门加农炮。我没有时间分辨清楚——她要拖着我去哪里？

我们走过镶木地板，吱吱嘎嘎的声音，加上我喘气时鼻子发出的呼噜声，在静寂中回响。我准备先等鼻血凝固，然后再来对付它。我的手一点儿都不痛了。

我在一个陈列柜前面停了下来，柜子里有一个微缩的木制模型。特罗斯特内兹灭绝营的仿制模型①。地点位于明斯克，它的标牌上这样写道。

微缩版的矮小路障，顶上架着铁丝网。用烤肉串钎搭成的燃烧边界。一些小不丁点儿的电灯泡代表着火光。微型尸体模型沿着灭绝营边界倒伏堆放在一起。胶合板背景上涂抹成黑色，代表尸堆冒起的浓烟。它的标签说明文字是：从西方运来的犹太人在此遇害。

卟哒。马露夏卡发出低低的声音召唤我过去。我走到她靠墙站立的地方。黑暗大厅在我们身后延展到视线几乎无法触及的地方。一缕月光从窗户穿透进来。我们面前的墙上悬挂着一张巨幅地图，马露夏卡把它卷了起来。来，瞧瞧看，是一部电梯。我感觉到马露夏卡的呼吸吹拂在我脸上。她没有再生气了。

旧式的木质电梯。上面雕刻着星星、镰刀和锤头。约瑟夫本人很可能乘坐过这部电梯，只要他能在百忙之

---

① 即二战时期纳粹设立的玛丽·特罗斯特内兹灭绝营，距离明斯克市区 11 英里。

中挤出一整段时间来视察这座建筑就可以。我们朝着地底深处降落。我听到绳索和铰链展开的声音，然后咯噔一下，我们停了下来。门打开了，扑面而来一股寒气。我希望马露夏卡知道我们在哪里。下面又黑又冷，又潮湿。突然间一道黄色的亮光刺入我双眼。

他压低了手电筒，一个穿塑胶外套的高个子，棱角分明的下巴。虽然年纪已经很老了。

马露夏卡连珠炮似的说着什么，那位老人不时地打断她。我们跟在他后面走，四周的黑暗里还有闪闪烁烁的亮光。我们走到一个巨大的土堆跟前。这肯定是发电机的位置，我能听到引擎的嗡鸣声。周围的潮湿土堆上微弱地闪耀着几点黄光，是一根木制旗杆上悬挂下来的小灯泡。我看见了一座帐篷。几个板条箱，几只长凳子。我跺了跺脚，全是土。我们在洞穴里面吗？这个空间高得抬头望不到顶。

我们四周的光源是一只只矿工帽头灯。现在我看清楚他们了：陆陆续续走过我们身边的沉默工人。用手推车从一个幽深坑道里往外运土，坑道四壁拿木头作为支撑。长方形的板条箱紧挨着几堆小土山，一个摞在另一个上面。

穿塑胶外套的那个人还在责骂马露夏卡。

我往前挪了两步。这也太过分了，那家伙冲我发出哗哗的声音，马露夏卡转过身去，消失在黑暗里。

他现在直视着我。我仿佛脚底生根似的站在那里。

马克·伊萨克耶维奇·卡根，他说道，然后使劲握了握我的手。你来得太晚了。但你终究还是来了，我的朋友。我估计从泰雷津来这里的旅途一定很愉快吧？

他转身走到一边，并没有兴趣听我的回答。我们迈着沉重的脚步，顺着他手电筒照亮的路面往前走。我东张西望地寻找马露夏卡，还在土堆上滑了一跤。我心里暗自感谢阿历克斯送给我的这双靴子很结实。我们走到一个大坑道前，旁边的一根杆上也挂起了许多电灯。

他用手电照了照板条箱。里面装满了尸体。古老陈旧、腐烂的尸体。每个箱子里都装了一到两具。有些只剩下一堆骨头。它们的皮肤看着就像旧抹布，或是覆盖着一层灰色水泥的纸张。有些里面只有一个颅骨和几根骨头。他们必须安排一支特殊的灭鼠巡护队，这是肯定的。

我们从没在泰雷津的地下墓穴群里见过这类东西。如果有的话，雷波不会让我们进去的。实在让人受不了。

不过我根据地下空气的流通状况可以判断，为什么有些尸体并没有彻底地腐烂。在泰雷津的有些墓窖里也会发现类似的一只狗或者松鼠，但是在战后工作人员们已经把大多数人类遗骸都清理干净了。

卡根吩咐一个小推车工从坑道里出来。他抬起手电筒照了照：呃，车里装满了骨头。干活的工人是一位扎马尾辫的小伙子。他站在一个空板条箱跟前。用戴手套的双手把里面的骨殖取出来，再放进板条箱。

这地方还有一个貌似分量不轻的矮桌，先前我并没有注意到。桌上有几枚硬币、几张纸，还有几个弹壳，几张发黄的老照片。卡根用手电筒照着这些东西。

当然这是一项秘密行动，卡根说道，目前情况你也看到了。不过我们已经初见成效。告诉你，朋友！卡廷大屠杀跟这个相比，只不过是小巫见大巫。卡根在我后背拍了一巴掌。他拼命想表示友好，然而他自身的紧张感就像电流一样顺着火线传了过来。他一边说话，一边捡起桌上的东西看。

最上面一层是战前留下的，他说道，有成千具，可能有上万具。这就是他们战后在这地方建博物馆的原因，想要掩盖处决行刑的场所。

他递给我一片织物。

这些是内务部的肩章，他说道，苏联的秘密警察。在这些墓穴里总能发现些东西：衬衣里的全家福照片、军衔条杠。开启一堆尘土，你就会发现当年行刑者用来裹烟卷的一张旧报纸。

我们挨个走过那些板条箱。走到另一个坑道，它更像是个火山口。矿工头灯的亮光，照出一张张苍白瘦削的女孩子的面孔。她们看上去很滑稽，像萤火虫似的弯腰挤在这泥泞的坑道里，手里拿着刷子和铲刀。

经典的战争时期的界层，卡根指着坑道说。全都是犹太人。战时犹太隔离区就在这里，就在我们头顶上。德国人把它铲除得一干二净，杀光了他们所有的人，再一把火烧掉。没有人知道它曾经存在过。

他的手电筒又重新照向矮桌。有一小团锈蚀、扭曲的金属。我们以前在泰雷津给雷波翻找过同样的东西。弯曲的安全别针、装饰发夹，一两样亮闪闪的东西，可能是击扁的子弹。这还不是全部。

牙齿！卡根敲打着桌面。本地村民从来都不镶牙，可这些知识分子多少都补过一两处。有些人甚至还是整套的假牙。他们在这个地方已经混为一体。看看我们在这里还能发现什么？

卡根指了指一枚徽章：一个银质的小骷髅。他开始翻捡这堆东西，把它们举到我眼前，手电筒光柱也照在我脸上。我向后退了一步，撞到了一个推车小伙的身上。我刚才没太注意的时候，他肯定已经在周围转悠好半天了。他身边还有一位工作同伴，也穿着泥乎乎的塑胶靴。姑娘们开始从坑道里面往上走，慢慢地朝我们这个方向过来了。好像是不想错过机会,要来聆听自己老板的讲话。

德国囚犯也是在这里枪毙的。他们还得给自己挖死人坑,当然,离犹太人的墓地不算远。历史的某种反讽,对不对?

卡根手里拿着几粒军装纽扣,伸到我面前。还有一个"卐"字的裤带扣。一个带骷髅的徽章。

姑娘们接过他递来的每样东西,又把它们放回到桌上。我倒愿意跟她们说话。我为什么要听别人给我这样上课?我对地下墓穴的情况已经知道得够多了。但凡我还有一口气,就没办法不厌烦卡根,因为他把马露夏卡撵跑了。我把这些姑娘们看了一遍,她们让我隐约想起了某个人。

忽然间我明白了:就是那些跟她们同样脸色苍白的人,由于内心里的痛苦而表情扭曲,以前来寻找我们的那些人,那些囚铺探寻者。刚才把一只带扣放回到桌上的那位姑娘,表情里就有同样的顽强坚韧——只有在看卡根的时候,她眼里才会偷偷掠过一丝柔情。

卡根转身离开,我们都尾随在他身后,浑身是泥的小伙子们,还有从坑道里出来的姑娘们。我们迈开大步,踩得泥浆四溅。我们走回到那台轰鸣的发电机旁边。我在这里看到了更多的人,有些站着,有些则坐在板条箱或长凳上。年轻人。从他们身上的泥点来看，他们都是在给卡根干活。

卡根站到一只板条箱上面，伸出双手指向洞穴深处。不知这地方究竟应该叫什么，总之他指向那个位置，像是要通过摸索来确定光线在黑暗里消融的边界。

现在我们只剩下最后一层界面还没有发掘，卡根大声说道。他穿着胶皮靴，高高站立在板条箱顶上，挥舞着双手，好像某个阴森可怖的魔法师在施咒驱病。所有人都伫立倾听，有些人还拿着镐头或铁铲，但没有一个人咳嗽或是稍微挪动一下脚步。卡根的嗓音提得更高了。周围的回声效果真让人印象深刻。

是的，现在我们将挖掘暴君们当年逼迫你们父母和祖父母跪伏的土地。你们和我一样清楚，这个政府不允许传播任何有关R国人互相残杀的只言片语。但是我们将打破沉默！忘记过去的恐怖，就意味着向新的邪恶低头。卡根说话的声音如同雷霆万钧。

他从一个女孩手中夺过铁铲，把它举向半空。

你们看见了吗？从这块地面挖下去，暴君的宫殿就会倒塌！他呼喊道。

那个女孩因为卡根选中自己而感到开心。但也有一点儿尴尬。

卡根从板条箱一跃而下，一把抓住我的手。然后他继续说道：

你在欧洲从事的工作，你专心维护、供人免费参观的那些葬坑遗址，正是我们仿效的榜样，亲爱的朋友。他一边说，一边上下晃动着我的手。

泰雷津出现在所有的百科全书，所有的课本里，他说道，现在他只是在对我一个人说话了。我们也希望自己能在世界地图上出现。我们相信你能帮我们把它变成现实。

卡根跟我握手，缔结了我和他之间的兄弟盟约。这时我们突然听到了什么声音：一种尖锐刺耳、扯裂神经的声音，是警报声。它伴随着黄色灯泡的一闪一灭而时断时歇地哀号。紧急情况。

所有人先是僵立在原地不动，然后才忽然慌乱起来，有些人跑进黑暗深处，而卡根则拉着我往帐篷方向走。我没有抗拒，因为突然之间我看见了马露夏卡。她打开帐篷的一片遮布。我们溜进里面。卡根在地上四处摸索，然后掀起一块木盖板。我看见了台阶，一个个灯泡的微弱光亮。她紧跟在我后面，我们沿着台阶向下攀爬，还有一些人跟在她后面。我低着头，和卡根沿着一条长长的隧道往前走，直到看见一辆列车。它看上去好像当年运送孩子的那些车辆。

我们到车里坐下，卡根、马露夏卡和我。有位大块头挤在我们中间，还有两个女孩子，上气不接下气地喘息着，满脸的灰土。人们一个接一个从隧道里出来，爬上列车。紧挨着我们的那节车厢容积很小，里面装满了严实密闭的木质板条箱。卡根轻声笑了起来。

我敢打赌，你以前肯定不知道现在还有这样的国家，可以让考古学家感觉自己就像印第安纳·琼斯①。对不对，朋友？呵呵呵！

我们出发了。路上有些地方挺颠簸，车的速度也慢，不过我们一直在向前行驶。我无法相信，我们在泰雷津的时候居然没想到这主意！这样一列小火车——对于老年游客来说可真是太好了！从纪念馆到墓地再到城墙那边。还有小孩子们！这样他们就不会因为走路太多而筋疲力尽了。

我们要去哪里？我问卡根。

总部，我们反对党的总部。不管我们找到什么，都存放到那里，他说道。

这样安全吗？我问道。我有我怀疑的理由。

政府和反对党都支持我们的计划。所以我们的任务

---

① 指斯皮尔伯格和乔治·卢卡斯合作导演的"印第安纳·琼斯"系列电影，又译为《夺宝奇兵》。电影主角为考古学家亨利·印第安纳·琼斯。

不会遭到任何威胁。他侧过身来跟我说话。我看不见他的脸,但是能闻到他塑胶外套的刺鼻臭味。

你们总部在哪里?

明斯克。

噢,拜托。现在我真盼望大家去的是另一个地方。但是,即便我事先知道最终要到哪里,最后还是会在这趟列车的座位上纹丝不动。

最后一点微弱的灯光在拐弯处消失。现在真的是一片黑暗和寒冷。我想握住马露夏卡的手,可是座位太拥挤,根本无法挪身。不过,我还是得感谢这片黑暗,因为至少我现在可以把我鼻腔里的血痂收拾干净了。要是当着他们的面这样做,我会觉得尴尬的。

我伸手探进衣服口袋,把"蜘蛛"取出来,塞进我漂亮的靴子里。我手指头隔着袜子,扭来挤去地调整好它的位置。我们渐渐从黑暗里蜿蜒驶出,比黑漆还要深厚的黑暗。没有一个人说话。担心有什么用。显然他们正在追踪我们。

第十章

终于，前面出现了亮光，火车猛然制动停驶。我们下车后继续往前。又是一个狭窄的隧道，又是一排木质楼梯。我们往上走，卡根走在最前头，上面有个人用手拎着打开的盖板。我们进入到一间屋子。空荡荡的木板墙，高高的房顶。没有家具，只有板条箱。它们放得到处都是，有些是新的，还散发着木头的气味，有些则陈旧变形了，发出烂泥风干后的臭味。所有箱子都是封着的。一大群男女迎上来欢迎卡根。他们互相热烈拥抱，彼此见面后很是高兴。我想等等马露夏卡，可是突然之间却看见了他。他分开众人，径直向我走来。

你拿到"蜘蛛"了吗？阿历克斯问道。

先前某个时候，我告诉过他，我给它起了这么个名字。

最好是现在交给我。我不知道我们还剩多少时间，他说道。

你的意思是说要戒严吗？我问道。

不管发生什么，跟紧我。你究竟拿到没拿到？阿历克斯再次问道。强硬派先生。其实我们从泰雷津见面到现在，时间也没隔多久吧。阿历克斯现在手里拿着把螺丝刀，脖子上挂着电线，穿着大口袋的工装服，镊子、卷尺，还有其他一些工具，从口袋里露了出来。我以前从没见过他这副模样。他看上去就像个工匠师傅。

在博物馆地底下工作的那批人一个接一个爬了出来。后面的情形可想而知，木地板上到处都留下了他们的脚印。年轻的姑娘，小伙子们。我们原本可以在柯米尼亚斯公社给他们派活儿做。他们应该喜欢那里。我跟着阿历克斯，穿过拥挤的人群，朝着房间后面走去。这些囚铺探寻者比我们那些多愁善感的学生要更加坚韧。他们的脸上写着愤怒。我敢说，他们非常生气，所以要赶紧采取行动。这里的一切都更加坚韧，更为疯狂。在我们国家，姑娘们会去售卖纪念品，而不是拿着铁锹挖土；会倾听雷波的讲话，而不是卡根怒火万丈的讲演。夜晚时分她们会吸食红草、饮酒或跳舞，她们不会这样苍白。啊，好吧！这样岂不是很好？正这样想着，我就看到了马露夏卡。

她臂弯里轻轻地抱着一个小男孩，旁边另一个孩子则拽着她的裙子。她在那位小小孩毛乎乎的脑袋边低声说了几句话，两个人的脸上光彩闪耀。

在屋子角落里还有更多的孩子、女人,以及一些老人。

我想带你看样东西,阿历克斯说道。你们在泰雷津可没有这个。

我们走到一道屏风的后面。我在黑暗中又开始眨眼睛,可以感觉到靴子里的"蜘蛛"。现在该怎么办?等我交给阿历克斯,后面又会有什么样的事情在我身上发生?我这是要去哪里?这些都是我想跟强硬派先生讨论的问题,越快越好。他扯着我的胳膊肘,我们继续往前走。

在这间后屋的晦暗光线里,我认出一些真人大小的模特,或坐或立,或是躬身蜷在椅子上。

这些模特并不像那位戴着闪亮发带的新娘姑娘。它们身上散发出时代久远的陈腐恶臭。

站在我旁边的模特动了动,我差点尖叫起来。它打开双臂,而我则难以置信地盯着这张脸。这家伙的皮肤呈现皮革般的质感,又皱又瘪,鼻子就像鸟喙。我认为我一辈子也没见过这么苍老的男人。

更让我震惊的是,这一堆破烂居然还发出人的声音。

欢迎你,同志,他用捷克语说道。然后紧紧地拥抱了我。他晃悠了一下,我努力把他扶稳。他细长而神经质的指头，就像是几根牙签一样，抖抖索索，然后他一屁股坐进阿历克斯眼疾手快推过来的柳条椅子里。

最美好的记忆！他用刺耳的声音说道。在米洛维采①每个人都有带花园的小房子，园中开满鲜花！他说道。他的脑袋耷拉到胸前，再看已经又睡着了，鼻子里还在呼哧呼哧地进气出气。

不过，他闻起来不像其他的人形模特。他闻起来气味正常。

阿历克斯告诉我说，路易斯·图潘纳比是在米洛维采的学院里给他上过课的教授。离布拉格不远。是的，苏联人在那里曾经有一个特别大的驻军营地。

他还是集中营的幸存者，阿历克斯说道。他拿出一块暖和的毛毯把教授软塌塌的肩膀包裹起来。

法西斯分子强迫他做 tsantsa②，他继续说道。

你是说 tsantsa？我问道，怀疑阿历克斯是不是说溜了嘴，用了 R 国语的词汇。

没错。我以后会拿给你看看，阿历克斯说道。路易斯已经为我们博物馆做了相当多的工作。但是现在他真的老了。我想他很快就要死了。

---

① 捷克宁布尔克区的一个城镇，位于布拉格市东北部，距离布拉格约 38 公里。
② 即南美土著制作的干缩人头。

他又拿了块毛毯包裹在路易斯的肩膀两边。再往他腿上搭了一块。路易斯的脚上还穿着带波点的拖鞋。

你知道吗,阿历克斯说,我去洛杉矶见过斯皮尔伯格。他得到了一套犹太人大屠杀的档案资料,其中有几千名幸存者在几千部电视节目里讲述自己的故事。没错。可是人们在电视上看到某样东西以后,很快就会忘掉。他们在我们博物馆里看到的东西,却永远不会遗忘。

博物馆?我说道,向四周望了望。什么博物馆?在这些人形模特旁边,除了板条箱,什么都没有——装满了标本的板条箱。

我们正在哈滕村①建造的博物馆,阿历克斯说道。它将是全世界最有名的纪念遗址。魔鬼曾经在 R 国这个地方成立了他的作坊。最深的坟墓就在 R 国。可是没人知道它们。这就是你来到这里的原因!

噢噢——嗯,我只能敷衍应和一下。

这位阿历克斯已经完全不是我在泰雷津认识的那个人。那时他还向别人请教学习。现在他却是发号施令

---

① 1943 年 3 月,德国纳粹分子曾经在明斯克市以东 50 公里处的哈滕村进行过大屠杀,全村 149 人几乎悉数遇害。由于村庄名称与波兰卡廷森林大屠杀发生地的发音相近,故而在一段时期里这两者容易被人混淆。

的人。

我需要马上拿到雷波的全部数据库,他说,我需要你帮忙。我需要现钱,强硬派先生怒气冲冲地说道。他发脾气了,就像卡根在埋尸场那样。

随后我们就听到那个声音,全体人员都立定不动。"乓!"好像抵角公羊猛地一头撞到房墙,一切都在摇晃。再次摇晃。爆炸声,爆竹接连炸响的声音,不是手榴弹。但是威力很强大。

我们摸索着回到屏风那边。所有人都在四散奔跑。爆炸声仍在我们耳朵里回响。有人在喊叫,是位年轻姑娘或者是小孩子当中的某一个。再听到咔啦啦一声,又有什么撞进了墙壁。

不需要有谁向我解释发生了什么事。他们又来了。那帮警察,自从我来这里以后他们一直尾随着我。好吧,我说得有点不太对。他们并不是警察。

扩音器里传来的话语信息并不复杂。举起手,从里面出来!有人打开了门。外面感觉很凉,但不算太冷。已经是清晨了。太阳正在升起。

我想出去,去接触外面的空气。我把双手举过头顶,往前迈了一步。阿历克斯把我拽了回来。另一个人在旁边咧着嘴冲我笑,是卡根。

跟紧我，强硬派先生再次说道。我觉得我可能真对他有些反感过敏了。人们陆续开始往外走。扩音器里的声音重复着先前的指令。

他们默默地向外走。没有慌张，没有啰唆。他们早就准备好这一时刻的到来了吗？他们慢慢走过我身边，坑道里工作的那些姑娘们紧跟在一起。我想我认出那个扎马尾辫的小伙子了。一张张脸庞，眼中带着怒火。但是这些囚铺探寻者并没有举手投降。这一点我还没有马上注意到。

此时走过我身边的这个人，手里晃晃荡荡地拎着一个车床，车床底部的螺钉都露了出来；另一个穿橡胶靴、懒懒散散的人，则掇着一支镐头。他们是一支常规军队伍。这些戴眼镜的小伙和姑娘们形容消瘦，看上去像数学家、疯疯癫癫的诗人和计算机天才。少年人穿着破旧的牛仔裤、灯芯绒夹克、工装服和泥乎乎的运动鞋，就像刚才经过隧道那样鱼贯而出，安安静静，一个跟着一个，但几乎所有人手里都拿着某样东西，可以甩动或挥舞起来防身。

我要找的那一位并不在他们队伍里。或许不在，或许她已经跟着第一批人出去了。

我身旁是卡根，另一只胳膊则被阿历克斯牢牢抓住。我们走了出去。阿历克斯抬脚关上了身后的门。

凝霜的矮树丛在茫茫白雪里格外显眼。我看到一栋栋预制的公寓楼群延展到远方直至消失。周围零零散散地分布着生长不良的白桦树、灌木，东一堆西一堆的砖头和地上生锈的金属板。看上去像是建筑工地。

我们听到隆隆巨响，金属刮擦的声音，越来越近。然后就看见它了，沿途的小树和灌木都被它碾倒，石块从它滚轧的地方向外四处飞迸。一辆装甲运兵车，军绿色的侧面间杂着黄沙色，上面喷涂了红五角星。一个穿军装的高个儿男人站在装甲驾驶员身边，单手扶住车身，另一只手里拿着扩音器。灌木丛里冲出另一队人马，也都身穿军装，顶戴头盔，手里端着武器。

我应该跳进灌木丛，爬回到屋子里，然后高声尖叫说我只是看大门的吗？我估计阿历克斯能够感觉到我的惶惑。他用绝对平静的腔调说：听我指挥，听明白没有？

装甲车和士兵们越过一堆堆的砖块，整个方阵迅速从灌木丛中斩开一条通途。我们的人马在房子前面被团团包围。

现在我们看清楚那拨人了，他们散布在士兵身后，追随而来。刚开始时还是三三两两，然而当方阵停下脚步，他们就汇聚成了一伙。树上到处爬满了人，他们挥舞着拳头，有些人手里握着大棒，有些拿着砖块。一块石头呼地破空而来，紧接着是另一块。我前面一个男孩扑通倒地，鲜血从额头上流淌下来。人群里爆发出仇恨的吼叫声。妇女们在士兵背后厉声尖叫。面对我们的一群男人身穿棉大衣和工作服，有些穿的是运动夹克。我了解这些吃饱了撑着的囚犯货色，我从一里地开外就能察觉出他们。装甲车上的指挥官把扩音器举到嘴边，吼出一声命令，士兵们转过身来，把枪口指向这些乌合之众以及煽风点火者的头顶上方。他们在保护我们不受暴民袭击。

然后指挥官把扩音器指向我们。

R国人民的耐心已经到了极限！他的声音如雷贯耳。

我身旁那个男孩子紧紧地攥着手里的车床，他指关节颜色已经发白，然而手却在发抖。

装甲运兵车里的大块头高举起一个布袋，一个普通的灰色布袋。

我们已经对犹太渣滓们进行过调查，根源就在这里！指挥官对着扩音器里说道。他伸手指向我们背后的建筑。

反对派和犹太组织就是从这里向我们城市放毒的！

暴民们发出怒吼，又有一块石头飞过来，有人惨叫了一声。士兵们举起了手里的武器。突然间一切都安静下来。

指挥官把布袋展示给暴民们看,又把它举过士兵的头顶,再转过身来面对着我们。

犹太人和反对派用他们的大便喂肥这些老鼠,他对着扩音器说道。这就是他们为什么在下水道里拉屎撒尿的原因。他们想毁掉这座日光之城。我们答应不答应?他吼叫道。人们再一次愤怒地咆哮尖叫起来。

指挥官抬起了一只手。他简直就是在那里跳芭蕾呢。

总统正在看着你们!他吼叫道,然后把布袋扔到地面上。掉落的布袋在地上停稳,片刻过后开始鼓胀乱动,所有人都目瞪口呆地看着一团巨大的老鼠从里面拼命滚爬出来,它们浑身上下没有一根毛,龇牙咧嘴,这些恶心玩意儿,发疯似的互相啃咬。突然之间只听"乓!乓!乓!"指挥官开枪打空了整只弹匣,把老鼠们打成血淋淋的碎片,人群里有人爆发出欢呼喝彩声。

我们该怎样解决这一撮卖国贼呢?是饶了他们?还是惩罚他们?指挥官对着扩音器说道。

片刻的安静。然后人群中爆出一阵怒吼,他们纷纷冲向士兵的行列。士兵们压低了枪口。袭击者从他们中间奔跑穿行而过,成群结队地向我们冲过来,棍棒家伙向我周围所有人的头顶和后背砸过来。我也挨了一记闷棍。有人拿东西从我头顶上扔飞过去，又揪住我头发，把我拽到一边。我听到液体流动的汩汩声，听到沉重的脚步声，我的前额撞到了什么东西。人群推搡着我直冲向那辆装甲车。指挥官向我伸出手来，我抓住他的手，用脚踢开某个软乎乎的东西，整个人滚落在车中座位上。指挥官又把另一个人拎上来：阿历克斯。我们开始往外挪，慢慢地从人群里分开一条路。我看到我们那些同伴中还有人在厮打。有人背靠房墙，手里挥动着大棒，偶尔有一两把铁镐挥舞闪动。这是我最后一次见到这些严肃而顽强的囚铺探寻者的脸庞。我们离开战场，穿过一片雪地，行驶到柏油马路上。指挥官坐在我前面，他驾驶着装甲车，卡根则蹲在他旁边。坐在他身边，从毯子里悄悄向外偷窥的，是那位声音尖利的鹰钩鼻、路易斯教授。我转过身来，看见马露夏卡坐在我后面座位上。我闭上眼睛，好让自己有足够的时间确信她真的在这里。这个安静偏僻的地带，肯定是日光之城的郊区边缘。我们穿过那些扁纸盒似的预制房屋建筑群。

马露夏卡眼里含着泪水。

我向她身边靠过去，闻到了她的气息，她抬手给了我一记耳光。

我还以为你很高兴再见面呢。我一字一顿，慢吞吞地说出这句话，免得咬着自己舌头，因为路面颠得很厉害。

我操!你最好还是真以为我是这么想的吧!你就是我的任务。可我为了你却只能扔下自己的孩子不管。真是托你的福。

过后我们俩没再说话。

第十一章

太阳在迷雾中升上了树梢。装甲车继续滚动前行,周围的森林暗黑如夜。我们爬上一道坡,又沿着这条路到达一个拐弯处。我决定采取行动,免得过会儿再改变主意。我顺着车辆的侧面滑入一个雪堆。等到装甲车轰隆隆地走远了以后,我深吸一口气,站起身来,连滚带爬地窜进了树林。我在奔跑中扯掉马露夏卡给我绑的绷带,不再需要它们了。我以前待过的所有地方,只要有机会就逃跑。我想起马露夏卡的孩子们,她与阿历克斯的关系,我对此无能为力。我向前跑了两步,发现卡根已经站立在那里。他迎面走来,扇了我一巴掌。

我可不是他的学徒,不是某个窝囊废的小学生。我环顾周围的树林。等到哪一天我再跟你有个了断,卡根,我要把你活埋在这里。他冲着我哈哈大笑。

你那些学生们怎么样了,你这屎脑瓜?我问道。他只是在偷笑,根本就不生气。

每一代人里最优秀的都会被牺牲掉,这是弗朗西斯克·斯卡利那①的原话。他是真正的人文主义者,不像我们,卡根咧嘴笑着对我说。他转过身来往前走,我跟在他后面——我还能做什么呢?

阿历克斯扶我上车后对我说,别再犯蠢了,不然我们就把你捆起来。再说了,你能跑到哪里去?你会被冻死的!

我们继续往前开。有人在我肩膀上拍了一下。马露夏卡打开她那个带红十字的小挎包,给我递了一粒药丸,一粒糖。我吃了。她也吞了一粒。

有个大块头男人站在一棵云杉树旁边,树枝上积满了厚重的雪。皮帽子、黑眼镜,横挎着枪。他招了招手。我们从一条不显眼的小道拐进森林。里面的树木过于茂密,我感到压抑得喘不过气,好半天才适应过来。

一间木制村舍,一道篱笆,一张凉亭桌,周围摆了一圈木凳,火塘里燃烧着几根柴火,几个穿军装的大胡子男人。其中有个戴着红色滑雪帽的,他后脚跟一磕,抬手敬了个军礼。指挥官从装甲车里一跃而下。几个人小心翼翼地把教授抬下车。他裹在毯子里,细瘦伶仃的

---

① 弗朗西斯克·斯卡利那(约1490—1552),白俄罗斯人文主义者、医师、译者,东欧第一批图书印刷出版者之一,为白俄罗斯民族语言的发展奠定了基础。曾在布拉格居住。

长腿晃来晃去，脚上挂着两只拖鞋。阿历克斯在向他们发号施令。其他几个大胡子把盘子和酒瓶搬到凉亭桌上。我饿了。忽然之间我意识到，或许我应该把"蜘蛛"藏到别的地方。已经跑到这荒郊野外，如果我再把东西交给阿历克斯的话，谁知道后面我会遇到什么事呢？

指挥官跟我握了握手说：我叫亚瑟。欢迎来到我们近卫旅，兄弟！

木柴燃烧起来让人感到温暖，它气味也很浓烈。我们坐在凉亭桌边：卡根、亚瑟、阿历克斯，还有我。马露夏卡站在指挥官身后，好像一名等待汇报情况的新兵。阿历克斯递给她一盘吃的。她小口地咀嚼着，而我们则是一通狼吞虎咽。亚瑟给大家挨个儿斟了杯伏特加。卡根解开大衣纽扣，嘴里叼了根雪茄。我们就这样坐了一会儿。

抱歉啊，各位兄弟，刚才那个场面夸张了，亚瑟低垂下头来说道。

我想这只是为了演戏，他其实蛮得意的。

谁都没有说话。

我必须得安抚暴民们，你们能理解对不对，兄弟们？他又垂下脑袋来。

我们所有人仍然还在等待着。

我接到了命令，我是一名士兵！亚瑟嚷嚷道。你们知道我只有以报效祖国的士兵身份，才能够接近总统，他说道。

没错，这就是你为什么总是带领人马进行清扫行动的原因，卡根冷冷地说道。

噢，得了，兄弟！你还不相信我吗？亚瑟一只手搭在自己胸口，另一只手伸过去想捞住卡根的手。

不信，卡根说道。阿历克斯哈哈大笑，他坐了下来，岔开双腿，他也在吞云吐雾。

我知道结果了，亚瑟满脸严肃地说道，我见过总统，总统同意了。

卡根和阿历克斯假装满不在乎，可是两个人的耳朵都竖了起来。

总统有意要利用这些葬坑遗址，并且开发旅游业。反对派领袖们也都同意。所以这事情已经定下来了。整个地区——他挥手指了指周围一圈的树木——两边都将划为禁区。哈滕将是"魔鬼作坊"的所在地，成为面向欧洲，面向全世界的博物馆。这支近卫旅单位将保持中立，他指了指那几个晃晃荡荡的大胡子。他们只对旅游部负责。怎么样，不错吧？你们还有什么可说的？

亚瑟向后仰靠，舒展开他那庞大的身躯，指关节掰得咔咔作响，两只胳膊抱在胸前。

棒极了，阿历克斯终于微笑着说道。

那我们就碰一杯吧，亚瑟边说话边站了起来。为了魔鬼作坊！

我们站起来把酒喝光。阿历克斯给马露夏卡也递了杯酒。

亚瑟松了松裤腰带，点燃了一根烟。

我们会保持中立的，不管谁输谁赢，反对派还是总统。总有一天我们会结束这场小小的内战。国家会对外开放。有没有总统都一样开放。我们需要拿出点儿东西来给全世界看，别人没有的东西。

亚瑟站到我身后，猛地搂住我肩膀，好像我们是失散多年的好友。

我的捷克兄弟，他说道，一边使劲捏着我的胳膊。朋友①！你干得漂亮！你吸引了全世界的注意。你改变了——那地方叫啥名字来着？他冲着马露夏卡打了个响指。

泰雷津！她脱口而出。嘴里的半个李子还没吃完，差点儿被噎住，她放下了手里的盘子。

你把泰雷津变成了真正轰动的事业。你得到了四面八方的捐赠：政客、政府、军火商、和平主义者、民族

---

① 原文为白俄罗斯语。

主义者、麦当娜，而且都是在短时间之内完成的，对不？

五个月，马露夏卡吱了一声。

总共多少钱？亚瑟问道。

马露夏卡说了个数字，差点儿没把我吓得背过气去。我用脚背顶了顶"蜘蛛"。还在那地方。我袜子里。钱的事情我从未经手。纪念馆管委会成员和那些秃顶专家很可能把钱都私吞了。

兄弟——亚瑟侧过身看着我，呼出来的气息喷到了我脸上——你可知道每年有多少游客来R国？

三千五百人左右，马露夏卡替我回答了。我压根儿不知道。

现在正是改变它的时候，亚瑟说道。你猜战争期间谁的伤亡最大吗？是我们！你猜哪国人民在战后政权统治下被杀害的数量最多吗？是我们。再猜猜现在什么地方的人口流失最快？嗯？是我们！这是如今全球化世界进行劳动分工的结果。去他妈的！泰国有性；意大利有绘画和海景；荷兰有木鞋和奶酪，对不对？那R国呢？有恐怖之旅，对不对？表情别这么严肃行不行？我操！亚瑟吼叫道。不难看出他已经习惯于这样发号施令了。

请参观魔鬼作坊，欧洲种族灭绝屠杀纪念馆！亚瑟用洪亮的嗓音宣布道。他又给其他人挨个儿斟满了伏特加。

我们有大海、有高山、有历史建筑吗？没有，我们所有的历史建筑都被烧掉了。所以我们要建造一个恐怖的侏罗纪公园，一个极权主义的纪念馆。感谢我们这一包包的骨头，我们这一捆捆的血浆脓液，R 国将在地图上赫赫有名。很好，对不对？吸引人，对不对？你们说说看？

我想亚瑟要是站在装甲车顶上发表这番演讲，肯定会更加开心。

我们碰杯致意。然后又碰了一次。亚瑟的气息缓和过来了。

这是个耻辱！他一拳砸在桌子上说道。他们在西欧已经有好几处葬坑遗址。好多年前就已经有人把集中营收拾利索了。在达豪集中营，你凭一块地板都能挣钱。我知道，我找专家看过。你们有没有意识到，德朗西①的那些清洁工女士——那些黑人贱货——她们挣的工资比我们教师的工资还要高。再看看奥斯威辛！那些波兰的婊子，她们可知道怎么捞钱了。入住一间舒适的小旅馆，从克拉科夫②乘坐巴士，到奥斯威辛游览，午餐包

---

① 德朗西集中营位于法国，距离巴黎 10.9 公里。
② 克拉科夫是波兰 11 至 16 世纪的首都，奥斯威辛位于其西南 60 公里处。

含在内：请付五十二欧元。这就是办法！可我们的葬坑遗址呢？我们这地方仍然只有渡鸦在啄食骷髅，只有魔鬼知道那些深坑里埋了谁。这真让人灵魂撕裂啊。亚瑟一把抓住我胳膊肘，我看见他眼里突然涌现的泪水。

这关系到我们祖先的灵魂啊，他低声说道。

我仍旧默不吭声。

朋友。你知道《伊戈尔远征记》里写了什么吗？

我仍旧默不吭声。

生者将在耻辱里生活，直到死者获得安宁。

嗯哼。

你会帮我们吗？亚瑟嚷嚷道。眼泪顺着他的脸颊往下流淌。他现在完全只跟我一个人在说话了。

当然！我还能说别的吗？

很好，亚瑟说道，把你的联系名单交给阿历克斯。你将担任项目秘书。就像你在泰雷津的工作一样，你现在要给魔鬼作坊做事了。明天你们就动身出发。他冲着阿历克斯点了点下巴。

亚瑟把一只手搭在卡根肩膀上。

不过还有件事，我们的总统强烈要求这一点，亚瑟说道。用另一只手拿手绢擦掉眼泪。

是什么？卡根说道。

你跟你这批人需要暂时靠边站。完全是暂时的！

卡根的脊梁骨挺直起来。他愤怒了。

我回头解释！亚瑟咆哮道。那个部里来的姑娘在哪里？我的天哪！

马露夏卡根本就没有挪窝。

一共杀了几百万来着？他厉声问道。

在战后政权统治时期？她怯怯地问道。

不，德国人的时候。

一九四一年R国总人口是九百五十万，一九四五年只有五百二十万，马露夏卡背诵道。

那当然，亚瑟不耐烦地打了个响指。那死者里面有多少是犹太人呢？

马露夏卡把手伸进小挎包，从里面掏出一份文件，快速地翻阅起来。

大概有多少？真鬼扯！别管他娘的具体细节！亚瑟吆喝道。

大概有三分之一，马露夏卡说道。根据维基百科！

这就清楚了。亚瑟一拳砸在桌上。这个数字大得可怕，你们明白吗？现在他是对所有人说话了，而不仅是卡根。

魔鬼作坊挣的钱应该有三分之一归犹太受害者。

这笔钱可是相当可观。总统担心我们的人民不会答应。

卡根沉默不语。我们所有人都不说话。

你们也看见他们是啥德行了,亚瑟说。根本没有办法制止他们。头脑简单的人民,对总统忠心耿耿。他们一辈子都吃不上啥好东西。他们并不是反犹太人,天理不容啊,但他们真的相信什么老鼠中毒的事情。他耸了耸肩。

卡根压了压指头,他的指关节发出咔咔的声响。

总统马上要任命你为协调委员会主任,负责协调犹太人群体,来完成魔鬼作坊这个项目。薪水稳定。你参不参加?

我不在乎卡根到底怎样回答。我只是坐在那里听着木柴燃烧的迸裂声。我们周围还有几个小火堆在不紧不慢地燃烧。近卫旅士兵已经钻进睡袋,睡袋下面是一层厚厚的松针。戴红帽的那家伙给我们拿来毯子。我取了一条抖开,披在肩膀上。没有人反对。

我睁开眼,看见阿历克斯正躺在松针床上。马露夏卡的头发枕在他胳膊下面,颜色火红,就像我临睡前心里惦记她的时候眼里看见的柴堆炭火。我能指望怎样呢?他们一起过来找我们。可那时我并不知道她还有孩子。现在我当然知道了。通向马露夏卡的道路已经走到了尽头。

好吧。我爬起床，走到了一边。走过木块燃烧的火塘。我悄悄走进森林，直奔那条残破的柏油路。

这地方到明斯克有多远？我曾经从泰雷津步行到布拉格。可那时候路上还没有结冰。沿途还有往返经过的汽车。

突然间我听到了嗡嗡的引擎声。我一头扎进树后的雪堆，随后就看到了他们。指挥官开着车，卡根坐在他身边，一只胳膊搂着他肩膀。两个人唱着歌，大笑着，把一只酒瓶互相传来递去。很显然，不能再搭他们的顺风车了。

我试图穿越森林，可这里树木生长得过于茂密。我坐在一棵树桩上，整个人好像已经被风暴吹倒。我拽下靴子，取出"蜘蛛"。只需要试三次，咽两口潮湿的雪，就可以把它顺着喉咙吞下去。现在它已经在我身体里面了。这是我想要的结果。

我不需要等待太久。红帽子首先追踪到了我，他拿着卡拉什尼科夫突击步枪悄悄包抄过来。他看见我以后，打了一个呼哨。等我反应过来后看到的下一幕，就是阿历克斯骑在我身上，手里拿着个套圈绕住我脖子。然后我们一起返回。

我可真佩服你，阿历克斯说道。送到你眼前的机会，好让你继续做以前跟雷波合伙做的事情。你不觉得他会为此感到高兴吗？

我不知道，我说。不过说真的，我很高兴他们找到了我。尽管脖子上还套根绳子。这地方的森林让我感到头晕恶心。

你脑子坏了吗？还想逃跑？

我该跟他说什么呢？说我虽然习惯在地下墓藏群里爬来钻去，可这片森林却让我直想呕吐？是的，我帮过雷波，还喜欢过撒拉，还有马露夏卡。噢，好吧，我承认，可是我他妈的才不在乎他那些计划，这些话能说吗？他听不懂的。

嘿，你猜我们找到什么了？阿历克斯说道。食魂魔① 。这是他们测试毒气车的地方。我们找到了两辆，你信不信？都已经锈掉了，可是整个设备仍然完好无损。当地人在车里面养鸡。

你不是开玩笑吧？

不是！你们捷克斯洛伐克有两个村子曾经被彻底夷

---

① 原文为波兰语，字面意思是"灵魂吞食者"，专指纳粹在二战期间使用的毒气卡车。

为平地，对不对？利迪策，还有另外一个村子①——马露夏卡知道它的名字。可他们却在这个地方烧死了九千人，有些是平民，还有其他人。这就是"东方计划"，灭绝斯拉夫人的计划。你可别告诉我说，你不想做这方面的研究工作。

他把我拖在身后往前走。走得太快了，绳圈勒进了我脖子。他停下脚步。

你明白了吗？阿历克斯说道。只要把档案交出来，然后你想去哪就去哪。

我环顾四周的树林，摇了摇头。我哪里也去不了。

它在哪里？

我想说在酒店里，但说不出话来，因为喉咙被绳圈勒住了。

你并没有把它留在酒店里，阿历克斯说。我已经看

---

① 利迪策村位于布拉格西北22公里处。1942年5月27日，捷克斯洛伐克流亡政府从伦敦暗地派遣特别行动队，在布拉格伏击并重创了纳粹德国派驻捷克斯洛伐克的头目海德里希。海德里希在一周后毙命。6月10日纳粹党卫军遂采取报复措施，包围了涉嫌掩护游击队员的利迪策村，并将全村夷为平地。当地成年男子被当场射杀，妇女被关入位于柏林附近的拉文斯布吕克集中营。儿童则被遣送到位于波兰的切姆诺灭绝营，后来多数被纳粹用毒气车处死。全村原有人口503人，其中340人先后遇难，战后仅幸存173名妇女，并寻找回17名儿童。现在的利迪策村是在原村址附近重建而成。阿克斯提到的另一个村子是莱夏基。因为受海德里希遇刺案牵连，该村也经历了与利迪策同样的命运。

过了。还仔细收拾过一遍。他们在你来之前居然没有好好搜查一番！真是抱歉了，朋友！我们有时候在那个房间里干活。我敢打赌那东西就在你身上，对不对？如果我现在把你剥个精光，你就该着凉了。

我嘴巴闭得紧紧的。

你吞下去了，对不对？阿历克斯笑了。肯定的，不然还有其他可能吗？好吧，我们走，行了。他顿了顿绳子。

去哪里？我喘着气说道。

哈滕村啊。你到那儿就能给我了。

第十二章

马露夏卡，你这可爱的小妖精，你把其他所有的大羊小羊都牵到了屠刀下。我们乘车往前走，阿历克斯坐在防水篷布下面，正对着我。路易斯·图潘纳比的脑袋枕着他大腿。老人眼睛紧闭着，如果不是脸上肌肉时不时地抽搐两下，我真以为他已经死掉了。我们身体僵直地坐在刺骨的寒风中。我抬头望了望马露夏卡。我不能和羊群在一起了，不能跟撒拉，或是你，或是任何我想在一起的人。可我们现在却在这里，一起坐车穿过这酷寒大地。阿历克斯的手掌伸到外面拍打着篷布。别睡了，他吼道，我们快到了！驾驶着那辆突突作响的拖拉机、把我们的马车沿着木板铺成的斜坡拉上去的人，是我们的老朋友红帽子。一个戴眼镜的家伙跟我们坐在一起，卡拉什尼科夫突击步枪横挎在胸前。我们离开柏油马路的时间太久，我在沿途这些道路上找不到可以躲藏的沟渠。这地方到处都是树，它们好像都在站岗警戒似的。

透过薄雾和细雪,我看见了一座建筑,一个小房子。我们在经过它稍远一点的地方停下,停在一个帐篷前。帐篷门敞开着。里面有只炉子,炉子旁边一片晦暗:这里的一切似乎不是处于黑暗就是隐入迷雾之中。晦暗处有个蜷曲的身影,手里捧着碟子,正往里面呕吐东西。

罗尔夫!我喊了一声。他透过眼镜片盯住我看看,想要站起身,却又呕吐起来。"明斯克的记忆",我解读出碟子边缘上的一行西里尔字母①。

你可真是游客哈,拿起明斯克的纪念品就往里吐!这是送给你妈妈,还是给你女朋友的?我在他肩膀上拍了一巴掌。见到他我很高兴。

听我说,马露夏卡在外面!这好像是一场常规的团聚,对不对?

罗尔夫笑了,好像我说了一个绝妙的笑话。然后拼命咳嗽,重新开始呕吐起来。他整个人都报废了。这不是我在泰雷津认识的那位乐天知足的伙计。

他继续往碟子里吐。他用颤抖的双手把它放稳在花里胡哨的野营桌上,胳膊也摊在桌面上,抱着自己的脑

---

① 西里尔字母主要用来拼写斯拉夫语族及某些过去深受苏联文化影响的国家的语言。

袋。我想他是在抽泣。

我记得有一次他在囚铺房间里流泪——那时候我也流泪了。忽然我的身体发僵。雷波在哪里？他死了吗？我脱口而出。我必须知道情况。

可是罗尔夫又哇哇地吐了起来。

我打算出去找马露夏卡。强悍的马露夏卡，那位妈妈，嗯。

她仍然坐在车篷下面。我掀起一角篷布，看见图潘纳比的脑袋枕着她大腿。她在用一块手绢擦拭着他的两腮和脸颊。我怀疑这是不是她在明斯克博物馆用过的同一块沾血的旧布。那两个挎枪的彪形大汉往帐篷里搬箱子和塑料袋，片刻都不肯卸下枪支。他们搬的可能是食品和其他物资。两个人根本没注意到我。

马露夏卡把老人枯槁的手从毯子里拽出来，拍打着他的脸，再从袖口里掏出一支注射器，把针扎进他胳膊。她推动针管，停下来，看看我，直视我的眼睛。看着我的嘴唇在动，默默地念出她的名字。我放下篷布，向四周看了看。哪里也看不到阿历克斯的踪影。

我从拖拉机旁边走开两三步，看看有没有发生什么情况。紧接着，我就发现自己已经置身于一团团的迷雾，它们遮住了我的视线，直到风吹散我左边的雾气，我才看到面前的东西是什么。

我从来没见过这种东西。耸立向天的烟囱直接从潮湿地面上冒出来。农舍的烟囱,到处都是,从迷雾里显现出来。一截截的房墙,破损的楼梯。灰色的烟囱顶管围绕在我周围,就像沉船坟场的一支支桅杆。只不过这是一座村庄形成的坟场。我脚下这条铺满黑色石子的道路,通向一座被夷平的大门,门后是失去生机的村舍群落。

来吧,我带你看看我的小博物馆,阿历克斯说道。这个鬼鬼祟祟的家伙。他就在我背后。

他伸手抓住我脖颈上挂着的绳子。我都已经完全忘记它的存在了。我们再次动身,他走在前面,带领着我上山。天上下着小雨。我感到欣慰的是,阿历克斯给我的这件夹克带有背帽。冰冷的雨点落在阿历克斯理成短发茬的头顶上。

这就是哈滕村,他说道。成百个类似的村庄,上千个,可不像你们国家!他们能够剿灭斯拉夫人吗?他们尝试过,就在这里。他们杀了三十万人。没有一个西方人知道。可这件事究竟是怎样悄悄隐瞒过去的呢?究竟为什么没有人谈论它呢?嗯?

这是很久以前的事了,我用正常嗓音说道。绳圈现在已经很松。它不再勒得我喘不过气来。

狗屁!阿历克斯厉声吃喝道,它被人掩盖,就因为掌权的虽然是德国人，但进行屠杀的却是俄国人、乌克兰人、立陶宛人。他们为了钱才这么干，而且每个人都不敢吱声，因为没有人想让那个人滚蛋。明白了吗？

我点了点头。

斯洛伐克士兵以前驻扎在奥克提亚勃日斯克镇①，那地方发生了屠杀，而且还焚烧了太多的人，数都数不过来！里面大约有十个人都是我亲戚。

可怕，我说道。

所有那些娇生惯养的囚铺探寻者，他们在横跨欧洲的途中来到泰雷津，好让雷波给他们伤口吹气，让他们感觉好受一些！所有这些嬉皮傻逼和天真烂漫的贱货，手里都拿着他们爹妈的信用卡和光鲜体面的护照。这里每个人都是探寻者，明白吗？你可以拿屁股打赌，他们连一张信用卡都没有。

我突然明白，这一条条小路铺的都是黑石头，原来事出有因。这是对村庄的纪念物，或者算是一座纪念馆。

作为 R 国人我感到很自豪，阿历克斯说道。可是我不想傻坐在这里，吃着土豆饼，看着电视，或者去抗议游行扔石头。我想保存这个国家的记忆。如果我们丧失

---

① 意即"十月"，位于俄罗斯萨马拉州，伏尔加河岸边。

了过去，我们就丧失了未来。那样我们将不复存在，明白吗？

明白，阿历克斯，我懂。我希望你整个人都不存在。这是我的内心想法。我并没有说出来。

我们不能像这样活着。和我们的死者一起被永远埋葬，好像我们是某种恶魔一样。你还不明白我的意思吗？操你妈的你明不明白？他顿了顿我脖子上的绳子。这让我很烦。

喂，阿历克斯，我要系一下鞋带，行吗？我弯下腰来，看看能不能顺手抓块石头。没有人能够告诉我下一步该做什么。

你鞋子没问题，阿历克斯平静地说道，继续走吧。

于是我站起身，跟他一起走。我猜他看透了我的把戏。

他松开绳子，态度友好地在我后背上拍了一巴掌。他知道自己在这段时间里一直勒得我喘不过气来。

看。他气宇轩昂地指着眼前的迷雾比画了一下。我们要在那边建一个大型的巴士停车场。建些售货亭！就像他们在奥斯威辛搭建的那样。重新铺路！如果这地方连道路都坑坑洼洼，你觉得游客们还会再喜欢它吗？我们还可以在里面圈出一座雨林！他们在国内看不到这个！你是怎么想的？开动脑筋啊，你这傻逼！你是专家啊！

雨林是个烂主意，我实话告诉他。又热又潮。让人感觉天气糟糕。游客们会跟他说这主意真是活见鬼。这里的夏天并不像泰雷津那样气候宜人。

我到现在才注意到，所有的烟囱上面都有记号：纳维奇，纳维卡，五十，四十二，十四，四，三，一，一……全都是死者的名字与年龄，啊哈。

现在这样可折腾不出什么名堂，阿历克斯说道。他冲着这片废墟摆了摆手。这只不过是某种乏味、老式的纪念遗址，这样吸引不来那些新派的欧洲人。看看波兰人，看看他们那个卡廷森林！提早一步，步步领先！他们马上还要拍一部相关题材的电影！可是我们的哈滕村呢？几乎没什么人听说过它。

突然间阿历克斯纵身跃上一堵断墙，他大声呼喊道：听我说，你们这些英勇的波兰人啊！在哈滕村被杀害的人民可没有一个是能够拿枪自卫的军官。没有，先生们！

他跳下来，拽紧绳子，又开始正常说话了。

他们强迫男人们绕着圈子跑步，直到跑不动为止。然后把他们撵进谷仓，再放一把火烧掉它。他们用另一个谷仓来装妇女和儿童。人们为什么不反抗？因为斯拉夫人是愚蠢的粗人吗？不是的，他们只是不相信会这样。直到最后一刻。直到孩子们被扔进火堆。为什么有人会做这种事?没有人认为这种事会发生,直到它真的发生了。杀手们把这一切变成了现实。

  我们开始朝着帐篷的方向往回返。

  我在泰雷津学到了一样东西。阿历克斯在我肩膀上捶了一拳。口述历史!最重要的就是讲故事。真实性。这是雷波说的,对不对?

  我们俩都停了下来。

  雷波,没错。

  这里是 R 国,我的朋友。卡夫卡 T 恤在这里根本就派不上用场。

  我们经过帐篷,直接走向房子那边。帐篷搭帘已经放下来了。我不知道马露夏卡和罗尔夫在哪里。拖拉机存在过的唯一迹象,是它在雪地里留下的沟辙。

  我想让阿历克斯解开我的绳索,让我蹲在某个地方,然后再安安静静地吹会儿牛皮。我会把"蜘蛛"交给他。可是我想出去,现在就出去。

  但是我一言不发。这房子是一间小木屋,墙面上有几道窄缝留作窗户。我知道这是什么。这些外墙是树干做的,但它们后面有一英寸厚的装甲板,而且房屋地基是混凝土浇筑的。没错!

  阿历克斯掏出一把钥匙,自豪地说:博物馆就在这个掩体里面。骗住你了,是不是?

真是个蠢货。这不是地堡,这是个射击棚。泰雷津到处都有这种堡垒工事——我们四五岁的时候就爬遍了这些地方。它们肯定是当年德国人留下来的。

地堡外面是木头,里面有单独的构建框架,两层墙壁,而且都要经过加固。我很清楚它的结构。那些隧道,还有假的出入口、哨兵岗位,所有的东西。

尽管我目前处境悲惨,我还是想进去。外面的森林开始让我想打喷嚏。

阿历克斯松开绳索,骂骂咧咧地开了门。我们在门前结冰的地面上跺了跺脚,我把脑袋和胳膊甩动了一圈,挂在脖上的那根绳子从胸前甩到背后。我把这视为吉兆。

昏暗的电灯亮光。这里还有些蜡烛。阿历克斯点燃了一根蜡烛。我们年纪还小的时候,曾经在地堡里用过蜡烛。不过它们烟熏得很大。如果你不习惯,这东西会让你头晕。

一旦我们有点钱了,首先要买个像样的发电机,阿历克斯咕哝道。

通向地下室的水泥台阶,过道,他们所谓的参谋室。我敢打赌他不知道这个。墙上有整捆的钢丝、一把把锯子、剁肉斧、刀具,还有其他垃圾、一个长条桌、难闻的化学气味、一堆破布、地上洒的黑色东西、带盖小罐。我们以前使用蜡烛下到地堡里，可那些地堡都是空的。如果里面有化学物质，就不能再用蜡烛了。这地方简直一团糟。我敢打赌他那些专家都是俄国人。发电机，是没错。他最需要马上花钱买的，其实应该是像样的通风设备。我留心记了下来，好让他以后知道。

他在这里也点了几根蜡烛。又设法打开两只灯泡的开关。低矮的天花顶上布满了缆线。

他甚至连个头顶灯都没有。他身上到处披挂着电线。手里还拎着一个发电机或别的什么东西。

一位系着围巾、穿长裙的年迈女士坐在门边。她并不是活人，可是她的眼睛却好像随时可能睁开。她的脸抽搐了几下，嘴唇动了动。

当时我跟妈妈还有小妹妹躲在地窖里，他们在地上那一层来回走动，脚步声非常沉重。我的小妹妹拼命想要尖叫，所以我就把一块面包塞进她嘴里，好让她保持安静。我一直用手捂住她的嘴，到后来她就窒息了。①

她不再说话，只是开始呻吟号哭，一遍又一遍。阿历克斯切断电源，把她关掉了。

这里散发着化学物质、人类身体和死亡的臭味。阿历克斯调换了一下线路，声音就变成了一位年迈男子在说话。他说他们如何在犹太区杀害了十万人，然后将其他人带到这片树林边。

> 食魂魔来了，他们驱赶着人们进入它里面，然后发动引擎。机器里的毒气和废气杀死了所有人。于尔根今天病了，有人说。我们需要一个司机。一个戴帽子的军官招了招手，他选中了我。

你可以拿屁股打赌，他是想要进咱们博物馆的！阿历克斯自豪地说道，他的邻居们如果发现当初就是他在食魂魔里面一脚踩下毒气开关，肯定会揍死他的。可是他想讲述自己的故事。所以他跟我们签署了一份协议，

---

① 来自于"东方计划"大屠杀的文献记录合集，由阿莱斯·阿达莫维奇、扬卡·布里尔和弗里季米尔·柯莱斯尼克编撰的《我来自烈焰燃烧的村庄……》(1975)，以及瓦茨拉夫·泽德里奇的捷克语译本。——原注

现在他就要在这里讲述这件事。他安心地死掉了,因为他知道以后学校的孩子们都能一直听到他的故事。

塑料窗后面有位老太太。旁边放着一束蜡做的花,还有几根蜡烛。她当时七岁,他们把她爸爸钉在大门上,把其他所有人都烧死了。她唯一能记得的就是那双雨鞋,阿历克斯说道。他打开她的声音开关。

你为什么非要穿橡胶靴子呢,小兄弟?你的两只脚要烧多久啊。穿着胶靴。

然后这位女士开始说起他们怎样往她身上点火,又怎样拿刺刀扎她。阿历克斯掸去她裙子上的一小团灰尘,又把塑料帘拉上了。我们身旁响起另一个男人的声音,他说当年自己如何担心那些人会从尸堆里发现他还活着,因为死人身上的雪不会融化,而他身上的雪却在融化。

阿历克斯轻轻弹了弹这个男人戴的帆布帽舌沿,指着他手里的烟斗。人种学研究所帮我们提供了这一时期的用品,他说道。

他拉着我的胳膊,把我带到另一个房间——里面有更多展品,但他们都不是真正的人。我想告诉他说我做不来这个,可实际上我并不知道怎么就不可以。

壁龛里都是些剥皮后填充的人形,这是以前哨兵站岗的位置。我站在过道上也能听到他们的声音。

妈妈,把我们藏起来吧,我们哭喊道。可是我们母亲说,黑麦秆太低,草还没长起来,今年春天来得晚。我能把你们藏哪儿呢?你们赶紧自己想办法藏吧。

沙哑的声音,低声耳语诉说着一段段故事,中间混杂着抽泣和哀吟声。几口缸里散发着化学物质和血肉的臭味,我跌跌撞撞地从一口缸走到另一口缸跟前,时不时被地面上散落的工具绊住脚。究竟这种气味让我头脑眩晕,还是因为我对他们在这里的所作所为感到恶心?阿历克斯怎样想的?你们不能拿人来做这样的事情。

不过我随后就感到疑虑重重。对啊,他为什么不能这样做呢?他想让全世界的眼光都转向这里,这样做能够达到效果。

这个房间里共有六件展品,六位年迈者的脑袋,脑袋下面是皱巴巴的脖颈,他们的嘴巴非常机械地打开合上,一直在说着相同的故事——士兵们闯进村庄开始杀人,烧房子,烧死百姓——一遍遍地重复着,就这样继续不断地讲下去。只要阿历克斯接通电源线,填充到这些脏腑里面的故事就会往外流泻。

哎，麦当娜给泰雷津捐赠过，是不是？如果我们让玛丽莲·梦露到这里来拍一段视频怎么样？

烂主意，我说道。

怎么会呢？

我不知道。

你可以负责整个事情，可以过得像个国王。可是如果你没胆子做这个，那么好，就滚蛋吧。把'蜘蛛'交出来。它在你胃里是吧？好，我把你打开。人是可以牺牲掉的。

我突然想起了弗里德里希婶婶。他们连死的机会都不会给她，还会送她去展览。啊呀啊呀。我真受不了了。

你瞧，阿历克斯说，就好好想想呗。我给你时间。

别，我说道。

相信我，你要习惯这个。这是东方的传统。伊里奇，约瑟夫，所有的伟大领袖们。你知道苏联准备在每个地区都建一个党员圣徒纪念堂吗？

我点点头。这是事实。

你知道哥特瓦尔德①，你们的第一任共产党总统吗？猜猜是谁给他遗体进行的防腐处理？路易斯！

阿历克斯推开了一扇铁门。囚牢医务室。每一个类似的囚牢都有这样一间屋子。

路易斯仰躺在浴缸里。外裤、夹克、卷成一团的短袜、拖鞋，都在地板上乱七八糟地堆成一堆。他整个人只剩下一具微小的躯体，脑袋枕着一个木制靠垫，靠垫两边用老虎钳夹固定住。他仰面朝天，鹰钩鼻头对着天花板上明晃晃的灯泡。浴盆里有一股臭烘烘的味道，又是那种化学气味。罗尔夫在这里。他坐在浴缸边上。

对了，捷克的同志们也想让自己人接受防腐处理，就像苏联人一样。可是，一个捷克人能像伊里奇那样永远对外展览吗？别扯了！克格勃命令路易斯，让他假装把事情弄砸，这样你们的总统就会烂掉。让路易斯干！开什么玩笑？他不会搞砸的。告诉你吧，他在米洛维采教授动物标本剥制和防腐处理。他可真他妈的是个好老师！

阿历克斯用脚把路易斯的衣服轻轻推到一边，然后跪了下来，用浴缸边缘的钳夹把路易斯的一只手啪地夹

---

① 克莱门特·哥特瓦尔德（1896—1953），1929年至1945年担任捷共总书记，1945年至临终前一直担任党主席职务，1948年担任捷克斯洛伐克总统。

牢。他又绕过身去,把另一只手夹进对面的钳夹。"我不知道马露夏卡那会儿给他注射的是哪只胳膊。"

咱们好些年前还给路易斯录过磁带,对不对?阿历克斯转身对罗尔夫说道。他坐船从南美洲偷渡到这里,你知道不,他在汉堡上岸时正好遇到纳粹游行——这位头戴羽毛的印第安酋长!他想看看世界。他们把他关进集中营,就在 R 国这里。那可是个人吃人的集中营。可是路易斯熬过来了。纳粹听说他有一技之长。现在轮到我们来用他了。他是首位录制这种磁带的人。他建起了这个博物馆,他知道自己将成为一件展品。比雷波年纪要大得多,对吗?

啪!他用钳夹钳住路易斯的一条腿,是踝骨以上的位置。

这年老、瘦削的躯体现在被紧绷起来。仍然还完全浸泡在那些混合液体里。啪!现在另一条腿也被钳住了。

阿历克斯戴上橡胶手套。

噢,等等。他向我转过身来。我答应给你看那些干缩头颅的,对吧?

他从架子上取下一只箱子,打开让我看。人的脑袋,很小的一个个,他们噘起的嘴唇都被缝起来了,用的是细绳,还是粗线?

小橙子①，他们起的这个名字，阿历克斯说道。我猜是因为它们模样像橙子的缘故。

他使劲拽开箱子，把它放回到架子上。

制作这样一个干缩头颅需要技巧。先要把颅骨敲碎，还要保持面部完好无损。所有碎骨头都要从鼻孔里捡出来，这就是我称它为杰作的原因。但凡有人发现集中营里有这个，就会被开枪打死。叶夫根尼·哈尔杰伊②拍摄了纽伦堡审判的照片。路易斯作为纳粹变态罪行的实例，本该接受审判，但是莫斯科的生化研究所要求他担任专家职务。就像美国佬对沃纳·冯·布劳恩③一样。从莫斯科到米洛维采，只有一步之遥。"

我们把他打开吧，阿历克斯说道，他向罗尔夫点了点头。罗尔夫从浴缸旁边起身，只是站在原地摇头，眼镜片的亮光在昏暗中来回闪过。阿历克斯从他手里夺下一样东西，是我在帐篷里看到他端着的碟子。

---

① 原文为西班牙语。
② 叶夫根尼·哈尔杰伊（1917—1997），苏联海军军官和随军摄影师，其摄影代表作是苏联红军攻击柏林后将红旗插上德国国会大厦楼顶的画面。他还拍摄过纽伦堡审判和苏联红军击溃日本关东军等题材内容。
③ 沃纳·冯·布劳恩（1912—1977），德国火箭专家，曾经效力于纳粹政权并主持设计研究了 V_2 火箭。二战结束后移居美国从事火箭、导弹与航天研究，1955 年获美国国籍。1969 年他主持研制的"土星 5 号"火箭将载人飞船"阿波罗 11 号"送上月球。

他往罗尔夫的肩膀上抹净黏液和呕吐物,然后把盘子摁到他脸上。

看见了吗?明斯克的记忆,他大声念道。这是俄文。它应该说,这里是明斯克!见他妈的活鬼!还有,明斯克应该拼写成 Mensk!他把碟子扔在地上。碎片四处飞溅。

阿历克斯叹了口气,坐在浴缸边沿。

俄国人是我们的老大哥。太大了,说句实话。他们想吞掉所有东西。现在他们甚至还要强占我们的旅游业。这是不对的。

我注意到他手里有样东西,医生做手术用的锯子。

他出什么问题了?我问。罗尔夫默默地流着泪,嘴里念念有词。

我们的白痴甚至在宣布戒严时还说俄语!

他出什么问题了?

他心太软,跟你不一样。他应该先做好宣传,拍些照片,来段访谈,然后把消息发送到全世界。可是他却违规了,对付不了这件事。

对付?

记者嘛,你知道的,他们生活在杂志的世界里,编造些文章,一遇事就变成这副德行!也就森林里的一个小博物馆。不过你能对付得过来,是不是?

对付什么？

马上就要签协议的时候他却怵了。那些老人们要跟我们签协议书，同意把自己作为展览对象的时候。

你刚才说是他们自己要求这样做的。

他们大多数人是这样，对。有些人这样。

呃，噢。

我们在忍受他人的苦难时必须要变得强大起来，阿历克斯开玩笑似的说道。他咧嘴笑的模样就像个中学生。没错，有时候我们要忍受住别人的痛苦。纳粹确实把这个问题想明白了。让·阿梅利①，你读过他的文章吗？

我摇了摇头。除了那些愚蠢的教科书，还有刚读完就忘得一干二净的课本，我几乎什么都没有读过。再就是给柯米尼亚斯公社写的电子邮件。那些东西对阿历克斯来说狗屁不值。

你应该读一读。阿历克斯笑道，既然你已经是专家了。

我要来这地方重新学习了。嗯。我用眼光把屋子打

---

① 让·阿梅利（1912—1978），原名汉斯·海姆·迈耶，奥地利随笔作家，二战期间先后关押在奥斯威辛和布痕瓦尔德集中营，战后定居比利时。代表作有《在心灵的尽头：一位奥斯威辛幸存者的沉思及其现实》（1966）。

量了一遍。隔壁肯定是间手术室。靠墙边堆放着盒子，一只只小罐，金属的、塑料的。架子上排放着一些仪器。我头顶上方的墙上挂着副大钳子。

我听到阿历克斯手里的电锯开始转动，便立刻转过身来。呼呼旋转的声音划入我的耳膜。它肯定是电池驱动的。

继续随便看一看，阿历克斯喊道。他的声音盖过了电锯的声音。你以后可以帮我。

他背对着我，朝着路易斯弯下腰来。

我一边用目光留意着阿历克斯，一边伸手去够那把钳子。悄悄塞进我的夹克衫里面。罗尔夫不会出卖我。他一副迷迷糊糊的模样。他拽了拽我衣袖，就像个孩子，把我拉到他身后。嘴里还念念叨叨，仿佛是受了惊吓的小宠物。他以前经常拍摄人们在城墙下面跳舞的影片。现在却进入了一座把人变成木乃伊的地堡。

罗尔夫，我高声喊道，红草，你还记得吗？没有用。整个地下室里都充斥着电锯嗡嗡旋转的声音。

我们走进隔壁的小房间。那把钳子差点儿从我手里滑落出去。

他就坐在那里，身穿黑色正装，身体微微前倾，好像我已经跟他认识了一辈子似的。所有那些夜晚，当他向柯米尼亚斯公社的学员们讲话,把他们逐个治愈的时候,就是这般相貌。他甚至还坐在窄木条做成的囚铺上。阿历克斯务求还原真实。

我想这就是他想要的效果。

要让我看到这样的雷波。

然后我就屎尿横流。然后我就会明白到底是谁手里掌握着所有底牌。

差点儿奏效。我差点儿要开口打招呼。

我意识到自己耳中已经听不到电锯的声音。

我盯着雷波。可是我却在等待着阿历克斯。

当我再次听到他声音时,并没有感到吃惊。何况我的夹克衫里还有一把铁钳。

我们是认识这些亲历者本人的最后一批人,他说道。等他们死后,博物馆还在这里,这样他们的故事就会永远留存下去。这也是雷波原本想要的,对不对?

他站在罗尔夫和我中间,伸手去摸电灯开关。灯光下的雷波看起来比平常气色更好。是的,他气色不错。可他死了。

你以为带这位老人上飞机是件容易的事吗?阿历克斯说道。我们用救护车把他从泰雷津带走。浑身上下缠满了绷带。为了骗过警察,你明白吧?

呃,嗯。

他想离开泰雷津,到这里继续工作。在魔鬼作坊工作。你一定要相信我。

他们绑架了他,然后把他变成假人。我等着阿历克斯转过身去。我不想在砸倒他的时候看见他那张脸。

所以你们就在这儿杀死了他?

雷波留在我们这个博物馆,就属于所有人了。阿历克斯说道,一边弯下腰来拨弄那些电线。他不只是属于西方来的那些娇生惯养的小屁孩,就像在泰雷津那样。

是你杀死了他?

杀死他?恰好相反!从现在开始他将要获得永生,作为我们的良知,我们的力量,我们的武器,阿历克斯慷慨激昂地说道,一边整理着雷波夹克里露出来的电线,你知道这首歌吗?《伊里奇之歌》。你到底有没有上过学?

房间里并没有其他的木乃伊。这是阿历克斯向雷波致敬的方式,我猜是这样。但我不想听他说话。我不想听到他的声音从一具尸体里传出来。

他不会答应你把人剥皮做成标本,我说道,他不会答应你用所有这些暴行作为杀害更多人的理由。

即使对老人们也不行?阿历克斯的手指摆弄着那些电线。他仍然戴着橡胶手套。但即使如此,他手头的动作也没有慢下来。

我在一瞬间恍然大悟，他们用电锯把雷波大卸八块的地方，肯定就是我住过的那个旅馆房间。那地方到处都是渍点。他们在那里杀了他。

马露夏卡，哼，我心里说道。我知道你跟阿历克斯是一伙的。可是抱歉，我没有其他选择。

所以你并不相信我，你不认为雷波签过协议？强硬派先生开口说道。他的声音极度平静。他在测试各个线路接头。

不相信他把所有的钱都给了我们？不相信他完全是自觉自愿跟我们去的银行？根本没有什么"要钱还是要命"那一套东西！你不相信我？

雷波动了动。动了动脑袋——电流接通进去了。这是雷波，又不是雷波。

"我出生在集中营的囚铺，"它说道。这是他的声音——这是他以前在晚上开始讲故事的开场白。"有位士兵把我母亲从斑疹病死人坑里拉了上来，"椅子上的这位老人说道，"……一位年轻的鼓手小伙儿，军团之子。他们结婚了，然后生了个儿子。但是我母亲呢……她害怕露天场所……我给她一次次送花……啊哼，啊哼，啊哼……"这个戴黑帽的假人，下巴开始抖动起来，好像话语淤堵了似的。一切都陷入沉寂。他脸色发黄，是灯光的缘故。雷波的脑袋不停地抬起垂落。什么地方被卡住了。

我盯着他看的时候，自己的脑袋也忍不住跟着一起晃动。

阿历克斯发出恼火的啧啧声。他拉扯了几下电线。四肢着地围着雷波爬来爬去，白痴。他丝毫没有察觉到我的内心已经怒火沸腾。

所以你真不认为他是自愿来这里的吗？阿历克斯问道，仍然背对着我。

我能感觉到身边有什么在动。是罗尔夫。他在摇头。他的头在摇晃：不。

操你妈，我对阿历克斯说道。声音很大。他转过身来。先看着我，再就看见了那把钳子。我已经把钳子举过头顶。这时我能看清他的双眼和恐惧的眼神。这下他明白过来了。我必须要咬牙忍受。我确实忍住了：我抡起胳膊，铁钳正砸在他脸上。他牙齿碎裂，栽倒在地，颅骨重重地摔在水泥地面上。呼！我再一抬手砸碎了电灯泡。我不想看到雷波这副模样。遭人羞辱，无依无靠，比他婴儿时期更加无依无靠。现在他只是幽暗房间里的一团黑影。

我和罗尔夫两个人开始往外走。沿着过道走，脚底发出踩裂碎玻璃的声音。我们来到一个交叉口。四面八方都是被剥皮制成标本的人。壁龛里。还有坐在椅子里的一具具干尸，沿着墙面排开。一两盏摇曳的灯光。有些蜡烛已经烧灭。不要紧，我心里面还记着路。罗尔夫瘫坐在地上，递给我一把钥匙。我接过来塞进衣服口袋里。

起来，伙计！我们赶紧逃命！

他摇了摇头。我告诉他快起来，分别用了我们各自的母语。他摇头。我在他脸上打了一巴掌，重重的一击，然后再来一巴掌。他连眼睛都不眨。也许他们已经打过他很多次了。

你想在这里跟木乃伊待在一起吗？你会吓疯掉的！快跟我一起来！

他摇头。

我把耳朵贴近他嘴边。

这地方很棒，他低声说道。

狗屁！

我要跟他们待在一起。我喜欢这样。这是你离它最近的地方。

离什么近？

恐惧。

我感到恶心。因为呼吸这底层空气的缘故。阿历克斯或许会醒来。我并没有结果他的性命，我压根儿做不到。以为我能做到，但我做不到。我不想傻等着。

你是不打算起来啦？

操他妈的你自己玩儿吧，罗尔夫对我说。

你也自己玩儿吧，我对他说，然后扭头就走。

一双胳膊直挺挺地伸在我面前，我径直撞到了一位老妇人的柔软肚皮，面纱之下是死者的眼睛，她在一张吱吱嘎嘎的摇椅上前后摇晃着。我并不害怕地下的阴沉黑暗，我知道这些地道的结构原理。可是泰雷津地下却是空荡荡的。我丢下铁钳，撒腿就跑。一会儿被地上的工具绊住脚，一会儿撞上浴缸，撞得里面的溶液都泼溅了出来。我在奔跑中还撞到了人形标本，把那些躯体撞得四分五裂。我还碰倒了好几根蜡烛。地面上的一汪汪液体遇到火焰后随即变成蓝色。一滴滴的东西带着啞啞的声音在黑暗里四处飞迸。不过我现在已经三步并作两步地跃上台阶。我没法下手干掉阿历克斯，可是这把火并不是我的过错，对不对？对……不对……对……不对……我不知道。最后我终于看到了那个巨大的门牌：出口。

我跑了出去，随手重重地关紧了身后的门。深吸一口气，再吸一口气。畅饮这空气，放松点。突然我脖子上的绳圈一紧，我仰面滑倒在地，然后就什么都不知道了。

所以说这是你们俩合谋的喽？我从云里雾里醒过来的时候，听到一个声音在说话。我的头枕在马露夏卡的腿上。我们在帐篷里。

痛吗？你脖子上套了根绳子。我只是拽着玩儿的。抱歉啊！

冰块儿，我有点吃力地说道。我感觉脑袋里似乎有好几把斧头在飘来飘去。

她往我嘴里丢了两片药，给我递了杯水。她自己也吃了一片。

阿历克斯动不动就逮住我臭骂，因为你成天想逃跑什么的。所以我捉住了你。不过，也就是为了练练手。

我坐起来。看了看四周。

这么说你终于醒悟过来了，打算把你那些档案记录都交给我们是吧。

你怎么知道的？吃下那些药片，一切都会变好。和平常一样。可是我脖子上会留一大块瘀青。

阿历克斯不可能让你用其他方式离开。从博物馆离开。他要是把你开膛了，我会难过的。

难过？你说真的吗？

你把它吞了，对不对？

我点点头。

那就把它拉屎拉出来呗。

她说话没必要这么粗鄙。如果阿历克斯给我开膛,她会给我来一针的。可是不会再有人给我开膛破肚了。我仰躺着。这里很好。炉火闪耀着微光。雨水敲打着帐篷顶。

既然下雨了,如果那把火从地下室一路烧过来,再烧到射击棚的木墙,至少还需要一段时间。至少我认为有个地方在失火,那地方到处都是可燃物。不过它也许已经灭掉了。而阿历克斯随时都会回来。我们需要离开这里。

马露夏卡,我很难为情!我在你面前做不来这事儿。

噢,拜托!你就像个小孩子似的。

要不我们出去走走路,这样我好把大便解出来。就走两分钟,行不行?

我真是搞不懂你!

我快冻僵了。你是护士。你应该能理解。

我可以给你吃点东西催吐。

好了,拜托!

行吧,不过如果这样还不管用,我就要给你吃泻药了。

最后她同意出去散步。我走在前面带路。沿着山丘走向哈滕村,那个死寂的小村。这样在我们和博物馆之间就隔着一座小山，万一有烟雾——她不会看见的。我不知道如果阿历克斯出现的话，我该怎么办。

　　第一根烟囱在我们前方的迷雾里耸立出来。哈滕村被摧毁的第一户人家。它剩下的东西。我们并排往前走。她背着她的小挎包，就像我们那天漫步在明斯克那样，日光之城。

　　嘿，我鼓起勇气对她说。你儿子怎么样了，你的两个小孩？

　　什么怎么样？

　　他们现在跟谁在一起？祖母？

　　没有。

　　那他们在哪里？

　　他们待在屋里，跟其他孩子在一起，大一点的孩子。他们会琢磨清楚情况的，要么跑掉要么躲起来。那些人不会伤害到他们。

　　你好像不太肯定。

　　没有什么东西能肯定。但这是计划的一部分，教育技巧的一部分。

　　什么计划？

　　生存计划。

　　哦？

　　我儿子他们要面对各种情况。就像我们所有的孩子那样。不同的情况，这样便于他们一早掌握应对方法。

我想起那群疯狂的暴民，他们的尖叫声，扔来的石头和棍棒，那座房屋随着爆炸而摇晃的情景。

这太残酷了。

他们必须要学会怎样应对。没有人知道会发生什么事。

那是肯定的。你刚才说的其他孩子都是谁？

我们朋友的孩子。马克·卡根首先想到要传授生存技巧。但孩子们现在可能已经安全了。他们很可能跟自己的爸爸在一起。

啊？我以为你丈夫是阿历克斯。

他是我哥哥。

我一把抓住她的手，因为捏得太用力，她忍不住尖叫了一声。她完全不可能知道，我心里的一块大石头落了地。夺取了别人家兄长的性命，是件很可怕的事，这个我承认。但是如果让马露夏卡两个儿子成为孤儿，我觉得我将永远无法原谅自己。

我们继续往山上走。然后沿着黑色石子铺成的小路，经过了另一处废墟，一两处钟塔，是石头做的，而不是木头。钟纹丝不动，虽然这时还刮着风。

通常情况下，你总能听到这地方传来的丧钟声，马露夏卡指着两座钟楼说道。

是吗?

作为纪念。钟是靠电力驱动的,可是我们现在博物馆需要用电。有人说它会给我们带来厄运。你怎么看?

我拼命站稳,才没有滑倒在石头上。

我们的妈妈在哈滕村大屠杀中幸存下来。阿历克斯肯定已经告诉你了。她那时七岁。他们把我祖父钉在谷仓上,把村里其他所有人都活活烧死。她藏在小棚屋里。他们拿刺刀在她身上乱捅,然后烧掉了棚屋,可她到底还是想办法爬出来逃掉了。

她的小弟弟,我的舅舅,当时穿了一双旧轮胎做底的靴子。人们在那年月里爱穿这种靴子。我妈妈看见刽子手过来了,就让他把靴子脱掉。这样他不会穿着橡胶靴子烧太久,他就不会忍受更多的痛苦了。可是我妈妈比较倒霉,按照官方说法,哈滕村并没有任何幸存者,尤其是像她这样一个小女孩。这是已经写成文字的东西,这是他们已经报道的内容。突然之间她从地底下冒出来,说我当时就在那里,我看见了,那些人说的是乌克兰语。

哪些人?

杀人者。这就意味着不仅有德国人,还有苏联人,你明白吗?这对她来说是一场灾难。这是她从西伯利亚集中营回来后唯一讲过的故事。关于橡胶底鞋的故事。

把我吓坏了,你知道的。这太恐怖了。

那么,谁是你丈夫呢?"我想了解这个姑娘的所有事情。

卡根。

我停在半路上。这么说她嫁给了那个厉害老头。我转过身去,这样她就看不到我的脸了。

她碰了碰我肩膀。你能跟我们在一起真好。我很高兴。

我没有看见博物馆上方升起任何浓烟。我们现在可以往山下走了。

想知道我们当初是怎么遇见的吗?

绝对想知道。

我那时只是个小姑娘,但是我脑子里忘不掉这件事,马露夏卡说道,世界是一个充满恐怖的地方,我当时就这样不停地想。因为过去发生的事。屠杀。这是人类擅长的事。它还会再次发生。那我该怎么办?

呃,嗯!我说道。这一点我已经明白。

只要有人看我,我首先要做的事,就是在心里想:那种事以后再来一遍的话,他们会把我藏起来,还是会交代出来呢?有时我走在某个地方,立刻就会想到:我该藏到哪里?阁楼?衣橱?情况越来越糟。我想我也许应该自杀。我的意思是,这世界如此丑陋,到处都是残忍。人们如此邪恶。

我看着马露夏卡谈论着自己对这件事的感受。可是，她看上去压根儿就不像囚铺探寻者。

阿历克斯带我去见卡根。一百万人在 R 国的集中营里死去。但是卡根没有死。许多像我这样的人都去找他。他们现在还向他求助。

他经历这一切的时候还只是个小男孩。他们杀光了他家里所有的人。犹太区被焚烧时，他就在那里。他从乱葬堆里刨出一条活路。看见过人吃人。而且他还能够再次讨论这件事。我们聆听他说话。我们一起欢笑。我们可以与所有的恐怖共存，并且不再理会它。这都是他教我们的。他去除了我的偏执。你会把一切都交付给这样的人。如果他需要的话。

嗯。

她在山坡中间停下来，格格地笑。她肯定又吞了一片药。是的，她在小挎包里搜来搜去，给我也递了一片。我就着手里的一捧雪，把药吞了下去。

还记得我们怎样从那个地下酒馆逃命的场景吗？

记得！

我们俩都格格地笑了一会儿。

这个魔鬼作坊意味着将来有许多人都能够找到工作。维修保养的人、技师、保安、门卫，所有这些人。

游客会带来收入。遇害者的后人能从中获得一笔钱，这真是再恰当不过了。你觉不觉得？不管怎样，这里没有其他人住。等我老了，就可以过上安逸生活，成为*看门人*①。在我们自己的博物馆当导览员。

此时她走在我身旁，好像已经习惯于这样，完全不再小心防备。她没有意识到我必须离开这里。阿历克斯还在那个地方。罗尔夫。近卫旅的人会杀了我。

转瞬间一道阳光穿过细雨和迷雾。她的制服上到处都是污渍。可是她的头发却闪闪发亮。她不停地笑。我也笑。她永远也不会跟我一起逃走，她还有孩子。

我们走到山脚下。再往前就是森林。白桦树。我停下脚步。我还想再了解一件事情。

你们给雷波也打针了吗？你们带他来这里的时候？

是的。我们是根据《捷克—R国囚犯引渡条约》把你们带到明斯克的。花了些钱打点，你知道这是怎么回事。你看看那边的树！

住酒店的时候你跟雷波在一起吗？

没有，我跟我孩子在一起。我哥哥照顾他的。

你知道博物馆里有什么吗？

你疯啦？我要到开馆那一天再看。肯定会很精彩！

---

① 原文为俄语。

明斯克和其他各地都有人过来。我会穿上我的礼服。我可不能穿着这个去。明白吗？她伸出一根纤细的手指，捅进大衣的窟窿眼里，在里面掏着转着。

像你这样的美女，就算披一块装土豆的麻袋片去都行！

打住！我不喜欢听人这样讲话！

可她并没有生气。她没有杀雷波。如果她杀了，她会告诉我的。

瞧，你可以到那边的树林里去！我把脸背过去。

我向下走入树丛，顺手揪下一片桦树皮。发生了什么情况？不行。我必须得这么做。我不会下手太重。我开始沿着山坡返回到她身边。

嘿，等一下，她说道。她也闻见了。烟，一阵风把烟味儿刮到了这里。大火产生的浓烟。

站住！她喊道。

我加快了步伐。我想用树皮捂住她嘴巴，这样她就无法尖叫了。我把她一拳打晕，让她昏睡过去。

我用尽全力向她撞了过去，她跪倒在地，脑袋甩到了后面。她晕过去了吗？这一下力气使得够不够？可是她随后就像一头野兽似的跳将起来，扎过来的针头崩裂了我手里拿着的那片树皮。她再次冲向我，我侧身让开，揪住她的手，两个人都滑倒在地。她压倒在我身上，针头一歪扎进她大腿。来不及叹一口气，一切都结束了。我不希望这样的。

我一直不停地对自己说，我不希望这样的，马露夏卡，我不希望这样的。我托起她走下山坡，走到那个死亡村庄，把她斜靠在一堵墙上，她的脸蛋还有些红润，她还在呼吸。我刚把她扶坐起来，突然间一道火焰从我们脚底的那个棚屋房顶里喷射出来，绿色和橙色的蛇形烈焰爬遍了整个博物馆的房顶。炸裂声和一阵阵闷响随着风声传了过来。檩条烧塌了，或许是那种化学物质产生了爆炸。

我把她放在帐篷里面的床铺上。马露夏卡，你只是得到了你想用在我身上的东西。所以这是你适得其所的安眠。我脱掉她的靴子，松开她上衣腰带，把她覆盖好。他们有各种各样的毯子和睡袋。

我在她的小挎包里搜了搜。吞下一粒蓝的，再抓上一大把装进我衣服口袋。

她这里还有剪刀。我只剪下一小绺，她甚至都不会察觉到。我并不是那种变态狂！我只是不知道怎样说再见。

我把她的一绺红头发缠绕在指头上。举起来映衬着天空。烈焰正在吞噬整个博物馆。天空是红色的。

我就这样呆立不动。

和她在一起。

不过,我没有太多时间了。

我要去哪里?

我在记忆里搜寻:它就在那里,存储在数据库里,那个地址。我那个信封也许还在,在某个地方。可能已经没有了。

我不会跟马拉先生合作,根本没可能。但我现在有钱了。那个游戏赚的。它或许能够让我重新开始,我这样幻想着。

这是一个美妙的幻想。

我往炉子里添柴,添了许多柴。她需要温暖。

然后我就听到了什么声音。

拖拉机。好在它的声音很吵。我看见红帽子坐在驾驶座上,还有其他人。于是我从帐篷布底下钻出去,消失在迷雾里。

第十三章

穿过白桦树，穿过灌木丛，穿过稀疏的植被，穿过近乎冻结的雪地，我不想再回到那片树林。我站在开阔的原野上，感到一阵恐慌袭来。可是我随后就看见远处有一大团黑乎乎的东西。可能是一片沼泽，一丛树林，但也可能是房屋，一个四面有墙的地方，我可以在那里恢复体力。或许它至少是一堆卵石，或地面上的大洞。一条水沟，一道河渠，一个可以藏身，同时观察世界消逝的地方。

恐慌过去了。我低头往下看，眼光集中在地面，然后继续往前走。前方薄暮中一座漆黑的岛屿，就像是给人以希望的未来前景。

我很感谢阿历克斯给我的这身衣服，这是当然。它让人感觉好像裹了一层防护蚕茧。那个不知道是什么东西的东西，正在我体内冻结。

阿历克斯，他为什么要跟我讲开膛的事？如果某某人说他们想杀了你，你要相信他们；雷波也告诉过我们这一点。我要去哪里？我所有认识的人都走了。我低头看着脚下寒冷的土地。这样走路是很费劲的事。我甚至连马露夏卡也想不起来了。

  我在雪花纷飞里辨认出第一个十字架。雪一直下。风把我吹得东倒西歪。但是我心情愉快。我也更加警觉。警惕人类。不管怎样我会离开这里。这片冰冷的大地会放我走，不会吃掉我，不会把我吞食进去。

  更多的十字架，一行行排列着。我从它们中间走过，抬眼看，好，不错，我的脑袋并没有发晕。

  那一团黑乎乎的东西其实是树丛灌木覆盖的一座小山。我要从这些十字架里蹚出一条路，才能走到山脚。小的十字架，大的十字架。一根巨大的立柱，六英尺高，与两根小一点的横杆形成十字。它旁边是云杉树枝搭成的小十字架，上面系着一条褪色的粉红缎带，在风里飘飞不定。旁边是几只填充公仔，一只熊，一只猴子，还有两个别的。破破烂烂，我猜是风吹雨淋的原因。它们都被人用石头压住了。旁边还有一些小十字架。

  我想当时号哭起来。毫无顾忌，大声地哭了出来。又一处坟场。

  我推开阻挡在面前的第一层树枝。这地方也到处都是十字架。还有石碑,有些上面刻了字,用的是西里尔字母。还有一些碑石上使用了我的母语字母。一个个的名字。有个犹太人的墓石上刻了颗星星①——我在国内的时候就认识它。

我穿过十字架丛慢慢上山。沿途的树上也刻着好些名字。有些刻字的疤痕已经生长愈合,其他的映衬着粗糙树皮,仍然闪闪发亮,清晰可见。可四处都没有人的踪迹。连狗爪或山羊蹄印都看不到,什么都没有。

即使我敢离开这十字架山,走回到平原地带,那里的疾风也会把我吹走。细小的雪雹砸得人皮肤刺痛,呼啸着掠过这片地带。我跋涉行走在十字架丛林里,它们甚至比树木还要茂密,直到山顶。

前面站着一个人。我哧溜蹲下来钻到雪地里,躲到岩石后面。

络腮胡、绗缝棉大衣、齐膝的长靴。看上去像亚瑟手下那些近卫部队打扮的人。可是他手里并没有武器。也没有挎枪。他拿着一只布袋,从里面摸出一个闪亮的

---

① 应该是现当代犹太人经常使用的六角星图案,亦称"大卫之星""大卫之盾"。起初它的使用范围并不完全局限于犹太族群,19世纪开始经过东欧犹太社群的使用而广泛流传于欧洲,1897年成为首届犹太复国主义大会会旗的主要标识,是现代犹太人身份与犹太教的象征。

小装饰物，或是其他东西，把它远远地扔进十字架丛的雪堆。他独自吹着口哨，往前移动，朝着我的方向。

我悄悄溜过一个浅浅的墓穴。藏到树后，顺着山脊往下出溜。然后我就听到了什么声音。在峡谷里，沟壑中，一匹马在嘶鸣。我看见一位穿黄色工装的壮硕女子。一只手遮挡在眼睛上方，在细雨中搜寻着，向上看，冲着我这个方向。要命的是，我手里唯一能抓住的东西就是几条纤细的树根。树根断裂，我叽里咕噜地滚下山去，滚落在她脚边。邬拉和我就这样再次见面了。

我俩互相印证了那天晚上发生在地下酒吧的所有事情的来龙去脉。她记得很清楚。那个到处是老鼠的庭院。实施军事戒严的城市。现在形势怎么样了？我问道。她说总统很可能已经把反对派镇压下去了。但他们还在明斯克战斗，很可能其他地方也有战斗。这是他们没敢再往别处跑的原因。但是现在已经有好些天听不到外面消息了。她说她以后会解释这一切。

这一次是她扶我站起来，她觉得这很滑稽。

没错，我们都是外国人①。

而且还是合作的同事。

---

① 原文为俄语。

这里是黑山,邬拉说道。他们造了这座山,是想要掩盖埋葬的遗址。这其实是一个大土墩子。

我点点头。

她很高兴见到我!除此以外,她对我们目前的处境没有丝毫的乐观。

邬拉心情凝重。可我却真的很开心。

她并不胖,块头大,身材壮实,比马露夏卡要高很多,脸庞和额头上都有皱纹。我想她也许只是太累了,不过她年纪确实有点儿大。金色的头发,比撒拉头发的色泽要深一些。它和这一身黄色工作服搭配起来可真好看。

我很高兴遇到了她,毫无疑问。

我们俩趴在一顶破旧的帐篷里,脑袋伸到外面看。透过树丛,是一片白色闪耀的平原。我没有仔细看那边。有那么一会儿,天上既没有下雨,也没有下雪,这很少见,邬拉解释道。火堆上方架着一个锡皮罐,罐里有水。附近有条小溪,她说。没什么可吃的。

大概十米远的地方,有几个人正往嘴里猛塞火腿肉。络腮胡子。我认出他就是我在森林里遇见的那个大胡子。他跟一位伙伴坐在一起。两个人长相似乎完全相同。

菲奥多和耶戈尔,邬拉说道。他们把 GPS 给弄坏了,这俩白痴!

她讨厌他们。他们属于近卫部队下属的某个组织。旅游部指派他们作为她这次考察活动的随行人员。

我们的行程原本打算到哈滕村结束,她说道。那是我们原先准备取样本的地方。可是这两个杂种说他们看见那边着火了,不愿再往前走。所以我们就耽搁在这里了。

另外几位随员(旅游部对这些近卫部队成员的称呼),早已经跑掉了。拿走了他们能拿的,又毁掉了剩下的东西。

据邬拉说,自从政治局势稳定以后,他们一直在暗中破坏她的工作。显然反对派正在遭受实质性打击。

我把自己的情况告诉了她。我在荒原上奔波跋涉了这么久,现在能够舒舒服服地钻进睡袋,安安全全地睡在帐篷里,那感觉简直是登上了七重天。我跟她说了说我的外国专家身份,以及我到这个国家的经过。博物馆失火的事情,我没有说全部,只是其中的一部分。

近卫部队的士兵没撒谎,我说。哈滕村现在完了!

我没提阿历克斯和马露夏卡。

是的,当然,邬拉说道。魔鬼作坊,这也是我为什么来这里的原因。

她给我看了看样本。那些没有掉落在雪中或半路弄丢的东西。她有两倍，不，三倍之多。

她是个学究、研究人员、田野工作者。

她是那个领域里最出色的人选。

这就是他们从柏林那么多人里面唯独挑中她的缘故。

可现在这一切都结束了。

我转过身去。在帐篷的昏暗光线里眯缝着眼睛看她手指的方向。一个个分格箱，大盒子。但不是卡根的那种老式玩意儿，不是木质材料的破旧物件。这些都是轻便的塑料箱。双层封闭的箱盖。蓝色、红色、黄色的——五颜六色，看得我眼花缭乱。

进口的，对吧？

嗯，嗯。

她所有的盒子和塑料袋，里面都装着不同腐烂程度的骨殖与破布，存放在帐篷靠里的位置。就在我们背后，排列成一堵墙。一堵挡风的墙。

我想拿多少毯子和睡袋都可以。

这些都是她的同事和工人助手们剩余下来的东西。

我们把身体裹得严严实实，等着沏茶的水烧开。

用我们各自的语言来回交谈。

我猜是我先睡着的。

我睁开眼睛，伸手摸了摸，什么也看不见。邬拉握住了我的手。我们很暖和。我听到一匹马在打响鼻。不过我并没有起床察看。明天一早我就把事情安排好，我对自己保证说。夜里我听到铲刮东西的声音，可能是马在剐蹭树枝，或是在石头上磕碰蹄掌。

早晨起来发现那两个家伙已经溜了。还带走了那匹马。邬拉坐在帐篷外面，手里攥着一片面包。肯定是他们剩下来给她的。她爬到帐篷靠里的地方、样本旁边，钻进一堆毯子里，待在那地方不动。

我出去检查了一圈营地。我们的位置是在一道沟峡里，山坡的裂隙之间，这地方又细又窄，风吹不进来。

我穿过树林往前走。这地方到处都是十字架，还有那些带字的石碑。我很快找到了马车。从周围的辙印来看，那匹马原先应该就站立在那个地方。也许他们两个都骑上了马。如果我往下走到山脚，应该能够看到他们的足迹一直延续到平原那边。

在木制马车的篷布下，还有更多的箱子。我打开最外面的一个，红色箱子。一点点打开，不过里面并没有干缩人头，只有一具具颅骨。有一个前额骨上有很大的弹孔，手指头都能伸进去。我用指关节敲了敲，然后又把它放了回去。

没有给养，没有武器，没有衣服，马车上什么都没有，只有样本。我们不管它了，我对自己说。去他妈的样本。让它们烂掉吧。我们要从这地方出去。我们要走到大路上。我们要一起走。这就是我的想法。可是，布加寒流①随后就席卷而来。

紧接着我发现树叶和小树枝都飞扬在空中向我袭来，树木在风中摇晃呻吟，雪花疾速抽打着整个平原。转瞬之间，呼吸都变得困难，空气刺得我肺部生疼，有一根六英尺长的树枝被刮断了，忽悠一下就砸向我脑袋。我爬回到帐篷里。

外面有风暴，我说。邬拉坐在那里，背靠在箱子上。

那是布加寒流，她说。我们现在跑不出去了。我还有两桶水。

这道山谷裂隙保住了帐篷。然而，我还是没办法把脑袋探出去。风在瞬息之间就能封住我的嘴巴，把我眼皮冻粘在一起。我甚至无法在外面站起身来。马车可能已经被吹散架了。我想象着那些分格箱被吹裂后骨头在空中飞舞、头盖骨在岩石上被砸得粉碎的场景。

---

① 受北极冷空气影响而在伊朗及中亚细亚的平原地区形成的暴风雪气候。

嗯，邬拉。你是专家。你说这天气要持续多久？

上次遇到的一场暴雪，她说，她被困了八天时间。那时候还有一群工人助手，有吃有喝，住在棚屋里面。他们甚至还有一把吉他和桌上游戏用具。那次他们是在西伯利亚采集样本。很快就要下雪了，等到暴雪过去，就会有霜冻。除非有其他人出现，不然我们没什么机会，邬拉说道。

到了晚上，或者不如说，只要我们觉得到了晚上，那就是晚上，我们倒头睡觉。两个人挤在一起。我们醒来。再吃点面包。

我做了个"蜘蛛"的梦。它在我肚子里面，开始融化。我中毒了。所有数据和通讯方式都漏进了我的肠胃。

她坐在我旁边，眼睛睁得大大的。

她告诉我她是做什么工作的。

她这个团队被选来参加 R 国某个地区埋葬旧址的勘察工作，这地方曾经遭受过严重的辐射。

切尔诺贝利爆炸发生时，辐射尘污染了 R 国近三分之一的地区。他们称它为辐射式种族屠杀。他们在炎热的天气和瓢泼大雨中逐日奔波在那些墓地。从那个村子出来的本地人打算往他们身上吐唾沫。他们知道尸骨在哪里，可那是禁忌。他们说，如果你们挖开一座旧坟，你们会让活着的人肋骨折断。

有个村子的村长说，你们为什么要挖那些地方呢？放过他们。也放过我们吧。那一阵邬拉他们总在晚上丢失东西。他们用几个小时发掘好一块区域，可是立刻就有人把挖出的土方回填到坑里。他们怀疑是村里年轻人干的。有一天邬拉去城里买东西，一群人围聚过来，她不得不向他们解释，让他们相信她是荷兰人，而不是德国人。与此同时，还要解释那些受害者显然是被内务部的人杀害的。

你怎么知道？

从弹孔判断。还有其他细节。

你知道吗？到目前为止，核污染地区的儿童患癌率仍然比欧洲其他地区的数字要高二十倍。他们的食品只能靠进口。

邬拉，这太可怕了！

她的工人助手一个接一个退出。工伤，饮用水污染导致的腹泻，抑郁。旅游部派来的那些工人后来也开始出现问题。许多样本都丢失了。

我拍拍她肩膀。从口袋里给她拿了两粒蓝色药丸。她吞下去，喝了点儿水。

我们在奥克提亚勃日斯克镇发现了成百人的葬坑。

他们有的被赤身裸体地处决,有的穿着夏装,所以尸体彻底地腐烂了。子弹和弹壳来源于你所能想象到的各种武器类型。除此之外,其他什么线索都没有。没有身份证件,没有缝在内衣里的钱币,没有塞了报纸的鞋子,没有小女孩的发夹,什么都没有,什么证据都没有。

看牙齿呢?我问道。我想起卡根的地下室,或是地洞,管它叫什么呢。

补过的牙和没补的牙,邬拉说道。她摆摆手,让我别打断她。我也喝了一口水。

我们用改进的碳测定法来检验这些骸骨,以便确定屠杀发生的具体时间。好吧,我不想过度渲染这件事情的重要性,她说道。不过还是告诉了我,如果坟墓里都是普通平民——比如说波兰人,或俄罗斯人——那么这就没有什么差别。如果他们哪怕是德国国防军,或犹太人,那差别就大了。不过这件事你可千万别告诉任何人。基因学的名声并不是太好。

我不会,我保证。

那可真是要人命。我不知道有多少次站在那个地方,毫无头绪地在葬坑边缘刨来刨去,深更半夜里站在雨中苦思冥想。是苏联人杀了苏联人,还是德国人杀害了苏联人和犹太人,还是德国人和苏联人杀害了其他的苏联人?所有这些情况都考虑过后,想想他们还可以再分为 R 国人、俄罗斯人、乌克兰人和罗塞尼亚人，当然还有波兰人和波罗的海人，还有，抱歉，你是哪里人来着？

捷克人。

啊，嗯。我对他们不熟悉。那些坟墓里埋的到底是谁？这是个关键的问题。他们东方人不像我们那样爱留记录，哪里也接触不到真相。即使过了这些年，当地人还是一个字都不愿提。

我猜他们有自己的原因吧。

真是乱得要命！不管怎样，就算没有复原葬坑旧址的计划，R 国也永远不会加入欧盟。即使这里的独裁统治垮台。他们到底是怎么想的？你总不能眼看着欧洲到处都是乱葬坑吧：别犯糊涂了！所有这一切必须要整理清楚。

我一言不发。他们把泰雷津整理得很妥帖。那些蛋头学究们。

可是，邬拉，知道谁埋在这些坟里，终究又有什么意义呢？

意义可大了！这件事涉及钱哪。谁给它买单？复原负责单位？专家小组？欧洲各地的纪念遗址上都飘扬着旗帜。他们东方却只有乌鸦在大摇大摆地啄食尸体颅骨。可怕啊。

这就是魔鬼的作坊,没错!

邬拉伸手从背后塑料盒墙上拿出一个帆布袋递给我。我往里一摸。有纽扣,有勋章。我掂了掂了一个"卐"字形皮带扣的重量。骷髅印章!许许多多。

菲奥多和耶戈尔还有他们那帮老伙计们,邬拉贴在我耳边说道。我们亲眼看到他们两个在月亮地里来回走动,把德国冲锋队的纽扣扔进坑里。他们为什么要这样做?他们想让德国人给复原项目买单。可这样是不对的!

邬拉忽然啜泣起来,重新把脸埋进毯子里。我把布袋放进盒子塞了回去,又喝了杯水,掰下一小块面包。蓝色药丸维持着我的状态。外面狂风呼啸,很可能还在下雪。我们在帐篷里暖暖和和的。山谷裂隙替我们遮挡了风雪。邬拉讲了些可怕的故事,可是这地方每个人都有故事可讲。我实在感觉不到有多糟糕。

随后她的一只手从毯子里伸了出来。她指头缝里是黑的,指甲上也有劈裂的痕印。我猜是经常挖东西的原因。她握住我的手,拉了拉。我很高兴能够钻进毯子和她躺在一起。

眼泪顺着她的脸庞不断滚落。

你知道的,我也是一个因为挖掘坟墓而折断自己肋骨的活人,她说道。

什么意思？

是的，当年我发现那些照片时，还是个小女孩。我妈妈把它们藏在梳妆台的后面。战争时期我爸爸就在这地方。他是德国国防军的中尉。我还不到五十岁，所以你可不要乱思乱想，不然容易想岔了。我爸是整个部队里最年轻的中尉。可我在那些照片里看到的是什么！一个个死去的村民。旁边就是我爸。他还在笑。我妈说，他们当年从他们手里解放了某个村庄，然后发现了这些死者。是的，没错。我简直都快疯了。

他自己怎么说？

我还小的时候，他就上吊死了。什么都没跟我说过。等到我上学时，我开始阅读各种有关的回忆录，看电影。然后去档案馆。我想要让自己的内心从那种恐怖状态下走出来。这样做甚至不再跟我爸有关，而只跟整个事情有关。

就这样开始了？

是的。一旦你意识到人世间可能会产生多大的恐怖，而这个事实又铭记在你脑海，你就会有别于其他人。它留在你身体里面，就像一道无法愈合的伤口。我以前总是想，我那些朋友怎么就可以继续上学、打乒乓球、跟人约会呢？我们需要尖叫，我们需要制止邪恶。我无力自拔。我往哪里看都能够看到邪恶。从任何事情里都能看到。很快我就没剩下几个朋友了。

我给邬拉递了一块面包。她想留着过会儿吃。

没有办法去理解残忍。我们内心无法做到这一点。可我突然意识到，我必须要靠自己来平衡这种恐怖。至少可以稍好一点。我可以成为修女然后祈祷。我可以去加尔各答帮助麻风病人。但是我成了一名研究者。它让我得救了。不管怎样，这都是过去的事了。现在我到了这个地方。

邬拉掀开毯子坐起来。她看着我。

这么说，你算是研究者还是策展人呢？她问道。

我回想到泰雷津的地下墓窖群，还有阿历克斯的博物馆。

研究者，我说道。

这么说你知道这个地方了。他们把人从城市里带过来杀死。约瑟夫消灭了本国百分之二十的知识分子。相比之下，R 国知识分子则被消灭了百分之九十。所有人都知道库拉帕提的万人坑①。可是 R 国考古学家在几年前才发现黑山。现在已经没有研究者留在这个地区了。不是总统让他们从这里消失，就是他们自己逃掉了。但

---

① 位于明斯克郊区，1937 年至 1941 年期间苏联内务部曾在此进行大清洗处决行动。

我肯定这些你都知道。

事实是我没有丝毫头绪。但我点了点头。只要邬拉用这种受过良好教育的腔调跟我说话，我就会想起马露夏卡，还有撒拉。可是当我眼睛看着邬拉的时候，心里想的只有邬拉。

库拉帕提在明斯克的郊区，她说道，总统决定要修一条途经那里的路。所以这一处国家遗址要被毁掉。

派推土机过去，是吗？

嗯，嗯。邬拉点头。她又在她盒子里翻找起来。如果暴风雪再大一点，它们无论如何都会被刮倒的。但是我不愿意这样想。

她拎出一个瓶子来。伏特加。

可能有五万、十万，甚至有二十万死者埋在这座山上，邬拉若有所思地说道。库拉帕提的情况也一样。我们的团队本来也要到那里勘察的。可是总统手下那帮人当初说允许我们工作，其实却在骗我们。现在总统已经把反对派都镇压下去了，他同样可以轻而易举地派推土机来这里。除了两个疯子以外，没有人想了解它。它好像从来就没有发生过。

我从来没喝过伏特加。我想帮她拧开瓶盖，可是她摇了摇头，然后呼的一下就打开了！她举起了手里的杯子。

这瓶酒原本是用来庆祝的,她说道,一边用杯子碰了碰酒瓶。庆祝魔鬼作坊博物馆成立。可这件事还得再等一阵子。你知道为什么吗?因为魔鬼在这地方还他妈活跃得很!

她笑出声来。为什么不笑?我们俩哈哈大笑起来。外面仍然狂风呼啸。天色黑暗。我俩必须紧紧贴在一起才能看见对方。可是我们在笑,笑得直咳嗽,我们停不下来。我们最后精疲力竭地倒在被窝里,把酒瓶递来递去。然后就睡着了。

过了一些时候,邬拉说如果冰冻的话我们会死在这里的。她说这句话,因为真的会这样。

外面的布尔加寒流咆哮不止。

我们继续睡。

我把脑袋探了出去,外面既不刮风也不下雨,鬼哭狼嚎的狂风也停止了。在辉煌灿烂的阳光下,几台机器正越过白雪皑皑的冰原,朝着我们这个方向驶来。总统的推土机就像邬拉的盒子那样五颜六色,没错,跟推倒泰雷津镇房墙一样的机器。我们抖擞起精神,走下山坡迎接他们。我和邬拉在一起,可以轻松地对付这片冰原。

这只是一场梦。她的哭声吵醒了我。风现在已经吹进沟峡,帐篷帆布在剧烈抖动。邬拉缩在角落里,我在她旁边躺着。

一两天过后我们试着往外走,可是只能走出去两三步路。即使是互相搀扶着,我俩仍然无法顶着风往前走。只好返回去。而且我们也饿得没力气了。我只剩下了几粒蓝药丸。

我俩裹着毯子,互相紧贴着,挤在一起,试图相互取暖。或许是因为饿着肚子而感到寒冷,夜里我感觉到邬拉仿佛正在融化,慢慢消散。于是我紧紧地搂着她。

我们继续睡。

我醒来时发现有些异样。我摇了摇头。啊,呃。外面静悄悄的。我把脑袋伸出去看。太阳。我从睡袋里拱出来,爬到了外面。

许多树都消失不见了。原来只能看到树顶的地方,现在可以直接看到那一片平原。

太阳升得更高。在结冰的雪地上行走很方便。

邬拉蹲在帐篷门口,向外观望。如此美妙的寂静。

我们绝对是要走了。我们要从某个地方走出去。拯救我们自己。是的,或许能行。

作者致谢辞

感谢雅罗斯拉夫·弗尔玛内克和安尼喀·胡达拉派遣我到泰雷津镇完成首次报道任务。感谢镇长扬·霍尔尼谢克和犹太人居住区博物馆的历史学家伏耶提克·布罗迪格,感谢他们耗费时间和耐心来帮助我。抱歉的是,我无法采用现实主义的手法来描写各种恶魔。感谢艾德加·德·布鲁恩。他的热忱与建议从最初就是整个故事创作的一部分。感谢朵拉·卡普拉洛瓦,如果没有她的鼓励与思路建议,我很可能永远都不会写这本书。感谢阿黛拉·柯瓦茨索瓦对初稿的细致分析与阅读,以及祖扎娜·于尔根斯对终稿的批评性阅读。感谢泰瑞扎·瑞夏诺瓦的《山羊故事》。感谢斯蒂芬·克鲁尔和我进行了富有启发的谈话。感谢米夏·斯陀伊洛瓦对我们这些朋友的语言进行衡量定位。另外还要感谢斯雅尔赫伊、阿瑞娜和玛瑞伊卡,他们带我看到了魔鬼本人建立作坊的所在地。

英译本后记

过往历史的种种恐怖,是雅辛·托波尔作品里常见的背景依托。他的第一部长篇小说《姐妹》在二〇〇〇年发行英译本《城市、姐妹、白银》①。小说里有一章内容详细描述了奥斯威辛的严峻景象,并多次提及美国对原住民的屠戮。《魔鬼作坊》是托波尔的第五部小说。在这部作品里,他重新审视二战时期的大

---

① 英译本分别以小说三个主要部分的名称"城市""姐妹"和"白银"来命名。

屠杀，尽管这种审视是通过描述它在当代引起的反响而完成。小说前半部分的场景设定在泰雷津。这是一座位于布拉格北郊、十八世纪建成的堡垒重镇。盖世太保在二战期间将它用作监狱和犹太隔离区。然而小说后半部分的故事情节，却主要发生在R国的首都明斯克及其近郊的哈滕村。作者在这一部分揭示了人类残暴编年史罕为人知的一章。

这本书的读者可能多少都了解到二战期间纳粹对欧洲犹太人实施种族灭绝的基本事实。然而，同一时期对非犹太裔的R国人进行大规模屠杀的事实，却只是在近年才浮出水面。这需要感谢美国历史学家提摩·施奈德二〇一〇年的巨著《血沃大地：希特勒与约瑟夫时期的欧洲》。因此，虽然《魔鬼作坊》是一部虚构小说，但读者也应该意识到：一九四三年三月二十二日，德国保卫队辅警第118营（成员主要是乌克兰的通敌者、逃兵及战俘）以及由臭名昭著的奥斯卡·迪尔勒万格率领的武装党卫军特种营杀害了哈滕村的居民，其中包括一百四十九名R国儿童、妇女和成年男子。这是事实。就像施奈德在《血沃大地》里写的："迪尔勒万格喜欢的方式，是将当地人驱赶到一间谷仓，将谷仓点燃，然后用机枪射杀所有试图逃出来的人。"这是他在哈滕村使用的方式。在托波尔的小说里，一个虚构角色对此进行了描述。

那些关注世界时事新闻的人会知道,目前某国被普遍认为是欧洲最后的独裁政权。这也是《魔鬼作坊》里反映的另一事实。其中的一处例证,就是发生在明斯克的一幕场景,R国总统在电视节目里出现并宣布戒严。它所描述的并非真实事件,但托波尔借总统之口所说的话,其文本依据则是一九九五年R国总统在接受采访时发表的颇具争议的谈话内容。

不过,这种事实与虚构的混杂模糊,却是托波尔偏爱的技巧之一。我在翻译《城市、姐妹、白银》时对它有所了解:这种传闻轶事越是让人不寒而栗,就越有可能变为现实。就像我在《城市、姐妹、白银》这本书的序言里所写的,发掘出托波尔所运用的材料来源,是我在翻译他第一部小说时的主要工作内容。在《魔鬼作坊》里他采取了另一种方法,包括在致谢辞和其他地方标明了阿历克斯博物馆里那些阴森可怖、可以说话的尸体所讲述的故事来源:它们直接取材于R国幸存者的证词。这些人在类似于哈滕村发生的历次暴行中死里逃生。

关于事实与虚构的交互作用,还有一个更为私人化的注解:当我翻译这部小说的时候,这样的事件就有一桩在我自家后院里发生。那就是占领运动的诞生。我听到参与者以及持同情态度的观察者将它比喻为"阿拉伯之春",而后者曾经被比喻为一九八九年十一月的"天鹅绒革命"。这些占领纽约祖科蒂公园的人,托波尔小说里"占领"泰雷津的囚铺探寻者,还有在明斯克广场搭起帐篷的示威者,让我不禁看到了他们在本质属性上的关联。一九九〇年,当我还是一名研究生,尚未与托波尔见面之前,就已经对他有所了解:不仅因为他的诗歌,更因为他作为人权活动积极分子而做的工作。作为一名"自印版"①报纸的记者,托波尔密切关注捷克斯洛伐克形势变化的过程。二〇一一年十一月中旬,当纽约警察局使用暴力拆除祖科蒂公园占领营地时,我心里想到的就是这些。总会有一种延续,以各式各样的可见形式,悄悄从过往历史里潜入文学,潜入现在,然后再度回返。我在翻译这本书的同时,深刻地意识到这一点。

最后还有几句话,是关于这本书的名称:托波尔的原书名是《魔鬼作坊》。然而,当它的捷克语版本问世没有多久,又出现了一部名为《伪钞制造者》的德语电影。后者在捷克共和国发行时被重新命名为《魔鬼作坊》。因此,为了避免混淆,托波尔和他的出版商决定

---

① 指20世纪90年代以前在捷克地下出版的报纸刊物和书籍。

把这部小说改名为《穿越严寒地带》,这是书中出现过的另一个短语。我的一位捷克朋友指出了这两个标题里"冷-热"①的对立,并且告诉我说,她更喜欢新书名。因为它更好地对应了小说里的阴寒情绪和氛围。我同意她的看法,但仍旧觉得《穿越严寒地带》(或者仅译为《严寒地带》)虽然少了一些俗套,但也不大能够让人产生联想。考虑到这部小说的其他外文译者多数都选择了托波尔最初的书名,所以我也决定同样处理。

阿历克斯·扎克

二〇一二年十一月于布鲁克林

---

① 按照欧洲传统说法,魔鬼所在的地狱极为酷热。因此《魔鬼作坊》与《穿越严寒地带》恰好形成了意象上的对立。

"蓝色东欧"译丛(部分书目)

第 一 辑

- **《石头城纪事》**(小说)
  【阿尔巴尼亚】伊斯梅尔·卡达莱 著　李玉民 译

- **《错宴》**(小说)
  【阿尔巴尼亚】伊斯梅尔·卡达莱 著　余中先 译

- **《谁带回了杜伦迪娜》**(小说)
  【阿尔巴尼亚】伊斯梅尔·卡达莱 著　邹琰 译

- **《石头世界》**(小说)
  【波兰】塔杜施·博罗夫斯基 著　杨德友 译

- **《权力之图的绘制者》**(小说)
  【罗马尼亚】加布里埃尔·基富 著　林亭、周关超 译

- **《罗马尼亚当代抒情诗选》**(诗歌)
  【罗马尼亚】卢齐安·布拉加等 著　高兴 译

第二辑

- 《我的疯狂世纪（第一部）》（传记）
  【捷克】伊凡·克里玛 著　刘宏 译

- 《我的疯狂世纪（第二部）》（传记）
  【捷克】伊凡·克里玛 著　袁观 译

- 《我的金饭碗》（小说）
  【捷克】伊凡·克里玛 著　刘星灿 译

- 《一日情人》（小说）
  【捷克】伊凡·克里玛 著　高兴、杜常婧 译

- 《终极亲密》（小说）
  【捷克】伊凡·克里玛 著　徐伟珠 译

- 《等待黑暗，等待光明》（小说）
  【捷克】伊凡·克里玛 著　杜常婧 译

- 《没有圣人，没有天使》（小说）
  【捷克】伊凡·克里玛 著　朱力安 译

- 《花园里的野蛮人》（散文）
  【波兰】兹比格涅夫·赫贝特 著　张振辉 译

- 《带马嚼子的静物画》（散文）
  【波兰】兹比格涅夫·赫贝特 著　易丽君 译

- 《海上迷宫》（散文）
  【波兰】兹比格涅夫·赫贝特 著　赵刚 译

- 《父辈书》（小说）
  【匈牙利】瓦莫什·米克罗什 著　许健 译

第三辑

- 《乌尔罗地》（散文）
  【波兰】切斯瓦夫·米沃什 著　韩新忠、闫文驰 译

- 《路边狗》（散文）
  【波兰】切斯瓦夫·米沃什 著　赵玮婷 译

- 《第二空间——米沃什诗选》（诗歌）
  【波兰】切斯瓦夫·米沃什 著　周伟驰 译

- 《无止境——扎加耶夫斯基诗选》（诗歌）
  【波兰】亚当·扎加耶夫斯基 著　李以亮 译

- 《捍卫热情》（散文）
  【波兰】亚当·扎加耶夫斯基 著　李以亮 译

- 《索拉里斯星》（小说）
  【波兰】斯塔尼斯瓦夫·莱姆 著　赵刚 译

- 《遗忘的梦境——查特·盖佐短篇小说精选》（小说）
  【匈牙利】查特·盖佐 著　舒荪乐 译

- 《流星——卡雷尔·恰佩克哲理小说三部曲》（小说）
  【捷克】卡雷尔·恰佩克 著　舒荪乐、蒋文惠、程淑娟 译

- 《神殿的基石——布拉加箴言录》（箴言）
  【罗马尼亚】卢齐安·布拉加 著　陆象淦 译

- 《十亿个流浪汉，或者虚无——托马斯·萨拉蒙诗选》（诗歌）
  【斯洛文尼亚】托马斯·萨拉蒙 著　高兴 译

第四辑

- 《耻辱龛》（小说）
  【阿尔巴尼亚】伊斯梅尔·卡达莱 著　吴天楚 译

- 《三孔桥》（小说）
  【阿尔巴尼亚】伊斯梅尔·卡达莱 著　施雪莹 译

- 《接班人》（小说）
  【阿尔巴尼亚】伊斯梅尔·卡达莱 著　李玉民 译

- 《绝对恐惧：致杜卞卡》（小说）
  【捷克】博胡米尔·赫拉巴尔 著　李晖 译

- 《严密监视的列车》（小说）
  【捷克】博胡米尔·赫拉巴尔 著　徐伟珠 译

- 《雪绒花的庆典》（小说）
  【捷克】博胡米尔·赫拉巴尔 著　徐伟珠 译

- 《温柔的野蛮人》（小说）
  【捷克】博胡米尔·赫拉巴尔 著　彭小航 译

- 《无常的夏天》（小说）
  【捷克】弗拉迪斯拉夫·万楚拉 著　张陟 译

- 《赫贝特诗集（上、下）》（诗歌）
  【波兰】兹比格涅夫·赫贝特 著　赵刚 译

- 《垃圾日》（小说）
  【匈牙利】马利亚什·贝拉 著　余泽民 译

第五辑

- 《壁画》（小说）
  【匈牙利】萨博·玛格达 著　舒荪乐 译

- 《鹿》（小说）
  【匈牙利】萨博·玛格达 著　余泽民 译

- 《两座城市：论流亡、历史和想象力》（散文）
  【波兰】亚当·扎加耶夫斯基 著　李以亮 译

- 《另一种美》（散文）
  【波兰】亚当·扎加耶夫斯基 著　李以亮 译

- 《思想的黄昏》（随笔）
  【罗马尼亚】埃米尔·齐奥朗 著　陆象淦 译

- 《着魔的指南》（随笔）
  【罗马尼亚】埃米尔·齐奥朗 著　陆象淦 译

- 《乌村幻影》（小说）
  【罗马尼亚】欧金·乌力卡罗 著　陆象淦 译

- 《裸浴场上的交响音乐会——罗马尼亚20世纪小说精选》（小说）
  【罗马尼亚】诺曼·马内阿等 著　高兴等 译

- 《我行走在你身体的荒漠——立陶宛新生代诗选》（诗歌）
  【立陶宛】阿纳斯·艾利索思卡斯等 著　叶丽贤 译

- 《魔鬼作坊》（小说）
  【捷克】雅辛·托波尔 著　李晖 译

第六辑

- 《简短，但完整的故事》（小说）
  【波兰】斯瓦沃米尔·姆罗热克 著　茅银辉、方晨 译

- 《三个较长的故事》（小说）
  【波兰】斯瓦沃米尔·姆罗热克 著　茅银辉、林歆、张慧玲 译

- 《挑衅以及其他故事》（小说）
  【阿尔巴尼亚】伊斯梅尔·卡达莱 著　李焰明 译

- 《娃娃》（小说）
  【阿尔巴尼亚】伊斯梅尔·卡达莱 著　张雯琴、宋学智 译

- 《天堂超市》（小说）
  【匈牙利】马利亚什·贝拉 著　余泽民 译

- 《秘密生活》（小说）
  【匈牙利】马利亚什·贝拉 著　余泽民 译

- 《蓝色阁楼寻梦》（小说）
  【罗马尼亚】阿德里亚娜·毕特尔 著　陆象淦 译

- 《两天的世界》（小说）
  【罗马尼亚】乔治·伯勒伊泽 著　董希骁、Mara Arion 译

- 《生活边缘的女孩》（小说）
  【罗马尼亚】米尔恰·格尔特雷斯库 著
  张志鹏、林慧芬、陈进、李昕、高兴 译

- 《希特勒金钱》（小说）
  【捷克】拉德卡·德内玛尔科娃 著　姜蔚茜 译

· 部分书名为暂定，以出版时为准 ·